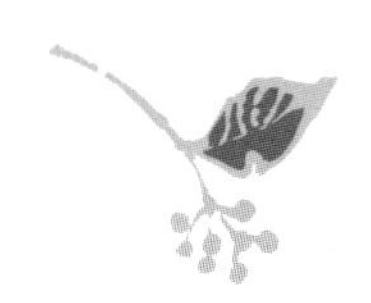

m i d a r e k a g o

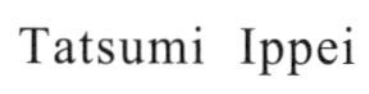

Tatsumi Ippei

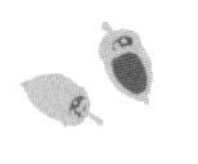

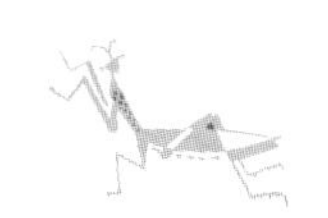

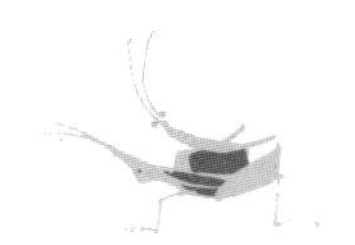

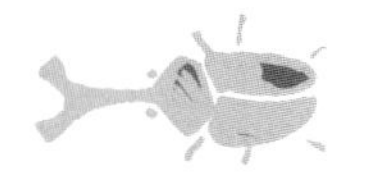

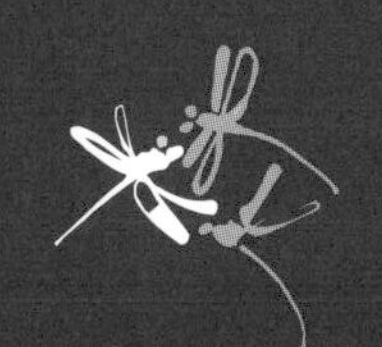

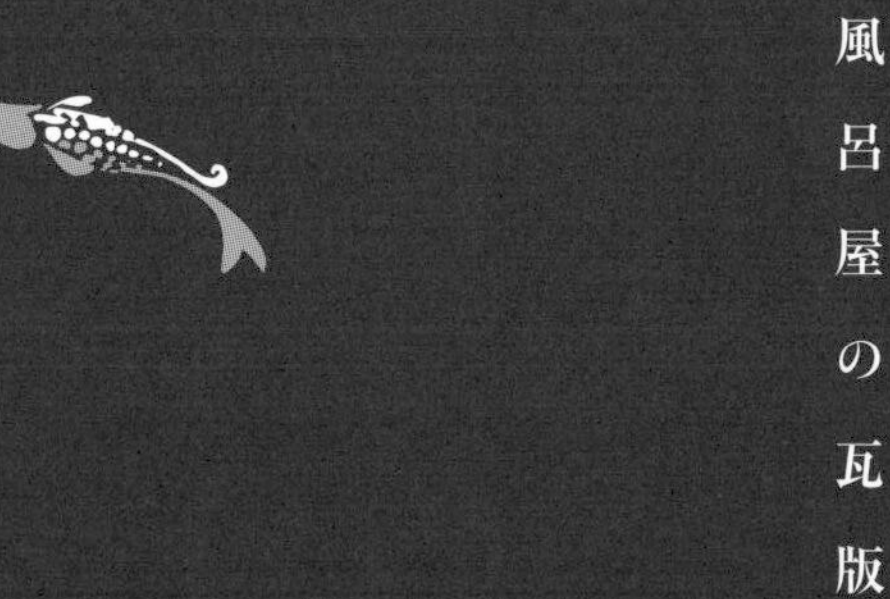

風呂屋の瓦版

みだれかご

もくじ

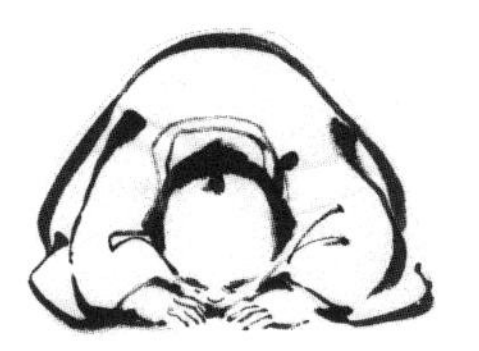

其の三　雑学歳事記・今は昔　73

其の四　話のくずかご●一九九四〜二〇〇一　95

昔は良かった、と言いつのる気持は毛頭ありません。時代の変化や社会的な制約の違いは否定しようもありません。安近短は現代人のニーズなのです。それにしても、と思うのです。同じように貧しくても、百年前、二百年前に湯治を楽しんだ人のほうが、はるかに精神的には豊かで、ゆとりがあったみたいだと。

文明開化・富国強兵で幕をあけた明治から、大正、昭和、平成と、この百年間、私たちはずいぶんせっかちに、まるでツンのめるようにして走りつづけてきたとは思われませんか。その反動とツケが、いま、政治・経済・社会のあらゆる面に筋肉疲労や複雑骨折となって表出しているような気がしてなりません。ゆったりとした心と体力の回復、そして癒しの時代、すなわちいまが湯治のときと言ってもよさそうな気がします。

(二〇〇一年二月・万華鏡)

其の一

浮世風呂

おとぼけ教養講座
1990.4

正しい温泉の入り方

その昔、式亭三馬は「浮世風呂大意」で、釈迦も権助も金持ちも貧乏人も、風呂に入るときは、産まれたままの姿で、さらりと無欲になるものだ。仏様嫌いの年寄りも、つい湯舟の中で気持よさそうに念仏を唱えたり、働き盛りのオッサンも、つい恥ずかしげに前をかくしたり、見るからに強そうなオサムライも、跳ねっ返りの湯がふりかかっても〝エエイ無礼な町人め、手打ちにいたす〃とイキリたったりはせず我慢をするのが、銭湯のなによりの徳だと教えている。

ことほど左様に、温泉には、世俗のしきたりを持ち込まぬことが、まず肝要。職業不問、肩書も通じない、と心得たい。裸の社長が意外に見すぼらしいオジイサンに見えたり、守衛さんがなんとも立派な仁王サマに見えたりするのが、この世界なのだ。

裃を脱ぐという。温泉では、心のカミシモも脱ぐのが、正しい作法の第一なのだ。

第二は、できる限り身軽ないでたちが望ましい。着流しで手拭い一本、素足にサンダル（雪駄）で、のれんをくぐるのが、なんとも、粋なのだ。石鹸、歯ブラシ、カミソリはもちろん、シャンプーにリンス、シェービングクリームにローション、朝シャンタオルにバスタオル、缶ビールにスポーツドリンク、着替えの下着と煙草やライターなどをスポーツバッグ一杯に詰め込んで、乱れ籠を二つも三つも占領するのは、本当はハシタナイ振る舞いと知るべきなのである。

しゅるりと帯を解いて、ハラリと着物を落とし、ゆったりと湯殿に向かう。

「ウー、さぶい、寒い」と、はしゃぎまくって駆け込まぬこと。

昔、湯殿に入るときは、

「田舎者でござい、冷えものでござい、御免なさい」とか、「お早い、お先へ」「お静かに、おゆるりと」などと挨拶するのが、シキタリであった。先客に礼をつくす、敬意を払う心を、まず大切にしたい。いきなり、シモも洗わずにザンブと風呂に飛び込んで、オジサンの急所を踏みつけるのは、もってのほかなのである。

もっとも江戸時代にも不心得なご仁はいて、「馬じゃ、馬じゃ」とわめきながら、湯殿に飛び込む輩がいた。混雑する町中を急ぐとき「馬じゃ、馬じゃ」と声張り上げて道を開けさせるのに習ったものだが、そんなハシタナイ野郎を、人は、馬というほどヤツの持ち物は立派じゃねぇやと、ヒヤかしたものだ。

正しい温泉の入り方の第三は、あまり、チロチロと人さまの裸を眺めぬこと。

やれ、大きいの小さいの、だとか、濃いの薄いの、だとか、ズン胴、色白、垂れてる、萎びてる、だとか、ユメユメそんなはしたない観察をしてはならぬ。心をカラッポにして流れる雲と語らう境地に遊びたい。

二つ、三つの子供なら許されもしようが、湯舟で泳ぐのは、決してウツクシクはない。駅のホームでゴルフの素振りをするオトウサンの哀れそのものだ。ましてや溺れかかって人さまの大事なモノを掴んでしまったなんぞという事態になれば、末代までの恥。

絶対見たくないのは、背泳ぎ。蛇足だが、温泉は心を洗うところ。シモや手足を洗うのは当然として、下着や靴下を洗濯するのはよしにしようや。

浮世つれづれ草
01
1993.1

ほめ殺し

誰にだって、きっといいところがひとつ二つはある。それを見つけ出し、伸ばしてやるのが、ほんとうの教育だ、という。

叱るより褒めろ。そのほうが成長は早い、ともいう。管理の要諦は、褒めて使うことだと経営者もおっしゃる。

「お金もうけが上手」と褒めちぎられて、お願いだからヤメて、と頼んだ人がいる。きっと本人は、それが長所ではなく、一番の欠点だ、と充分に承知していたのに違いない。金の流れが、運の落ち目を招く結果になった。

毎年選ばれる日本新語・流行語大賞、一九九二年度・新語部門の金賞は〝ほめ殺し〟。

はじめてこの言葉を登場させた『サンデー毎日』の小林記者は「事件の本質を表す言葉」として〝ほめ倒し〟では弱いと考えて思いついた、という。

いまでは、すっかりマスコミ用語として定着したが、はじめて耳にしたときも全く違和感なく受け止められたのも、言いえて妙だったせいだろう。

百鬼夜行、チミモウリョウの世界のお話はさておいて、ホメたりオダテたり、持ちあげたりアオったり、なかにチョッピリ毒を盛り、なんて駆け引きは、いわば世渡りの妙味でもあろう。

ほめたて、ほめそやす、の典型は仲人口。結婚式で聞く限り、この日本は秀才と才媛、未来を嘱望される企業のホープに満ち溢れてみえるから嬉しい。

そこでカイシャ川柳の恰好のテーマにもなる。

披露宴　上司がほめるも　今日限り

男と女の間でも、口説きのテクニックに殺し文句のひとつや二つ、さらりと言ってのける才覚は必要だ。

「そんなこと、言ってくれたの、あなたがはじめて」と、ハチのヒト刺し、ふぐの毒、たちまち全身をシビレさす急所を射抜く読心術を磨くことが肝心だ。

ただ美しい、というよりも「きみは自分がどんなに美しいか、知らないんだ」「あなたは神より美しい」とか、キザを承知で専用の殺し文句をいくつか貯金しておいたらいい。

くどく奴　あたり見い見い　そばへ寄り

くどかれて　あたりを見るは　承知なり

気強い女　がっくりと　落ち

なびかねば　炬燵も寒い　道具なり

ともあれ、人を褒めるのは、叱るより難しいことは確かなこと。

女の誉める　女少なし

はなかなか穿った川柳だが、嫁姑の関係ではしからずに　となりの嫁を　ほめておき

末ながく　いびる盃　姑さし

もっと寝て　ござれに嫁は　消えたがり

するたびに　小便に出る　姑ばば

だんだん「冬彦さん」★の世界になってきたようだ。

★1992年、テレビドラマ劇中の特異なマザコン男性「冬彦さん」が話題。この年の流行語に選ばれる。

浮世つれづれ草 02
1997.12

お酒

　全くお酒がダメな人がいます。体質的にうけつけぬ方もいます。ちょっと匂いを嗅いだだけで気分が悪くなる方もいます。

　そんな人にとって、バスでも電車でも、旅に出た途端、すぐに酒盛りをはじめ、陽気にハシャぎまわる人達は、いささか迷惑な時もあるのではないでしょうか。ましてやネチこく絡まれたりすると、禁煙車もあるんだから、禁酒車両だって作ればいいのに、と考えられても不思議ではありません。

　酒、と聞いただけで目がウルウルし、午後二時以降は水分は一切口にせず、ひたすらノドをカラカラにして、夜の酒に備える、どうしようもない呑んべえの私（これは平日の話、休みの日は採る水分は朝から酒だけ）でも、思わず眉をヒソめ、不愉快になる酒癖の悪い人はいますから、ましてや酒のダメな人には傍若無人の酔っぱらいは「この男凶暴につき」としか映らなくて当然でしょう。

　気違い水ともなるのを、よく心して上手に付き合えば、飲めない人にはホント申し訳ないけれど、こんな楽しい水分はない、と思います。そんな気分を橘曙覧（たちばなのあけみ）は、

とくとくと　垂りくる酒の　なり瓢
うれしき音を　さするものかな

楽しみは　とぼしきままに　人集め
　酒飲み物を　食えという時

と歌っています。

昼間の酒は、なぜか酔いが早い気がします。

朝なれば　酒ほどほどに　白魚鍋　管　裸馬

あじさゐや　しまひのつかぬ　昼の酒　乙二

昼酒の　早き酔なり　秋の風　内田百閒

そして、雨だ、雪だ。こう寒くっちゃ身体の芯から温めなくっちゃ、と口実にキリがありません。

時雨るるや　又きこしめす　般若湯　川端茅舎

火美しや　酒美しや　あたためむ　山口青邨

雪といひ　夜の酒人を　寡黙にす　星野麦丘人

盃の　手もとへよるの　雪の酒
　つもるつもると　いいながら飲む　もとの木網

友あって良し、ひとり、また良し、と飲み方も人さまざまです。

おでん酒　酌むや肝胆　相照らし　山口誓子

桜見て　ひとり酌む酒　手向け酒　橋本多佳子

教へ子は　よきかなビール　林立す　森田　峠

嫁さんに　なれよだなんて　カンチューハイ
　二本で言って　しまっていいの　俵　万智

ただ、ひたすら酒と向き合う飲み方もあります。

酔うてこおろぎと寝ていたよ　種田山頭火

冷酒や　つくねんとして　酔ひにけり　石塚友二

山形に　よき酒ありて　われをよぶ
のまざらめやも　酔はざらめやも　高村光太郎

かんがへて　飲みはじめたる一合の
二合の酒の　夏のゆふぐれ　若山牧水

箸おきて　ひとり酌する　この夕べ
いのちを洗う　ごとくすずしき　尾山篤二郎

しかし度を超すと、なにごとも辛いもの。せめて、

朝風呂に　うぐひす聞くや　二日酔　青羅

程度で済ませたいものです。

コップからこぼれ出るのも勿体なくて、オットトと言いながら口から近寄る酒好きが、どんな反応をするか、聞いてみたいのが酒風呂。早島妙青さんの『尼さんの知恵袋』によると、日本酒を五合ないし一升、沸いた風呂に入れるとお湯がやわらかくなって温まるだけでなく、毛穴から毒素が排泄され、二～三日は湯が汚れるほどだが、肌は若返り、色白にもなるとのこと。そのほか、腎臓や胃腸などにも効き目があり、揉みながら入ると全身のエステにもなると書かれています。

やっぱり飲んだほうがいい、と言うか、いっそ酒風呂に溺れて極楽往生してみたいというか、酒には滅法だらしないオジサンに聞いてみたいと思います。

「学力は酒力に比例する」と説くのは愛知県立大学学長の塩沢君夫さん。酒を飲みながら学問、政治、人生について語り合い、その刺激の中で問題意識、仲間意識を培い、それが研究水準を高め、共同研究の力ともなって、コンパをよくやったゼミの学問水準が高かった体験から。一気飲みは愚の骨頂ですが、お互いを高める酒の飲み方もあるのです。

どどいつ人生模様 01
1997.12

恋

「どどいつ」と聞くと、つい三味線をツマに、御座敷で粋なノドと歌い回しをめでるもの、と思い込まれて、現代人、とりわけ若い世代には無縁の、ヘンなお経のようにも思われがちだが、前段七七、後段七五の二六文字の詩句と考えて読めば、なかなかに味わいもあって面白いものではある。

川柳とは、ちょっと違った庶民の戯れ歌として「どどいつ」を拾ってみることにした。

まずは恋模様を歌ったものから。

星の数ほど　男はあれど
月と見るのは　主(ぬし)ばかり

いやなお方の　親切よりも
好いたお方の　無理がよい

あの人の　どこがいいかと　尋ねる人に
どこが悪いと　問いかえす

アバタもエクボ。恋は盲目。好きになるのに難しい理屈はない。

惚れられようとは　過ぎたる願い
嫌われまいとの　この苦労

惚れて悪けりゃ　見せずにおくれ
ぬしの優しい　心意気

惚れさせ上手な　あなたのくせに

諦めさせるの　下手な方
あきらめましたよ　どう諦めた
あきらめきれぬと　諦めた

顔見りゃ苦労を　忘れるような
人がありゃこそ　苦労する

並の年始も　主のはほかに
意味があるかと　読み返す

ほんにうれしい　目の正月よ
年始の途中で主に逢う

元旦に　逢いにきたのに　戸は〆飾り
門には青々　松ばかり

十日も逢わねば　死ぬかもしれぬ
こんなにやせても　まだ三日

今さら苦労に　やせたと言えぬ
命までもと　言った口

恋の地下水　流れは通う
胸と胸との　二つ井戸

ぬしによう似た　やや子を産んで

川という字に　寝てみたい
川という字は　そりゃ後（のち）のこと
せめてりの字に　寝てみたい

川という字に　寝るみなもとは
泣いた涙の　たまり水

楽は苦の種　苦は楽の種
二人してする　人の種

すねてかたよる　布団のはずれ
惚れたほうから　機嫌とる

ふてて背中を　あわしてみたが
主にゃかなわぬ　根くらべ

から傘の骨の数ほど　男はあれど
ひろげてさせるは　主ひとり

ここを通すは　あなたが一人
針と糸との　切れぬ縁

恋の性質　分析すれば
愛素好素（あいそすいそ）で　なった仲

重いからだを　身にひきうけて

抜くにぬかれぬ　腕枕
楽をふり捨て　苦労を求め
　人に笑われ　主のそば
親も大切　この身も大事
　けれどだれかにゃ　代えられぬ

余計な注釈はほとんど無用。ズバリ分かりやすく親しみやすい。どどいつって、捨てたもんじゃないとは思いませんか。

どどいつ人生模様 02
1998.6

通り雨

不景気です。気分が重くなる事件つづきです。こんなとき、どどいつは肩のしこりをサラリと流す不思議な効果があります。

たばこ輪に吹きゃ　お金のかたち
　金のない日の　好い天気
富士の山ほど　お金を積んで
　それをそばから　使いたい

一家レジャーで　夏の日すぎて
　財布に秋風　くる早さ
避暑に行くよな　身分じゃないが
　避暑に来るよな　土地に住む

エルニーニョ現象のせいなのか、雨も多めです。鬱陶しいのは我慢できても、災害は御免です。

雨の降るほど　うわさはあれど
　ただの一度も　ぬれはせぬ
一度ぬれたが　苦労のはじめ
　今じゃ身を切る　雨つづき
君を待ちわび　淋しい雨に
　うちにいてさえ　ぬらす袖
降るかふるかと　気にした空も
　主が来たので　晴れた胸

番傘、蛇の目傘なんて歌舞伎か新派の舞台を除いては、まず見かけることはありません。

どこで借りたと　心も蛇の目
　傘の出どこを　きいてみる
はげしい雨音　小さな声で
　傘が無いのと　粋な謎
雷の光で　逃げこむ蚊帳の
　中でとらるる　へその下
入れておくれよ　かゆくてならぬ
　わたし一人が　蚊帳の外

そういえば、蚊帳を吊る家も絶滅寸前です。

招く蛍は　手元に寄らず
　払う蚊が来て　身を責める
あとを慕いて　追いゆくものを
　知らぬ顔して　とぶ蛍
露のなさけを　ただ身にうけて
　恋の闇路を　とぶ蛍
昼は人目を　忍んでおれど
　暮れりゃひそかに　来る蛍

朝顔、風鈴。下町の夏を彩る色と音です。

分けりゃ二た根の　朝顔なれど
　一つにからんで　花が咲く
朝顔の花のような　お前の心
　日ごと日ごとに　気がかわる
軒に吊られた　わしゃ風鈴よ

なるも鳴らぬ　風次第

男なんて、所詮は勝手な、ヤンチャ坊やと思いませんか。

酒をのみとげ　浮気をしとげ
儘に長生き　しとげたい

なんて、タワケタ夢に性懲りもなくココロうばわれているのですから。そんな男どものあしらい方を、さすがに女房殿はよくご存知です。

遅い帰りを　かれこれ言わぬ
女房の笑顔の　気味悪さ
気のつかぬ　ように残して　あるとは知らず
どこで抜いたか　しつけ糸
折々亭主が　お世話になると
遠火で焦がさぬ　焼き上手
となりの奥さん　素敵でしょうと
うちのかみさん　ぬかすこと
痛いところを　承知で釘を
打つのも浮気の　虫封じ
たまに逢うから　いい人なのよ
よけりゃあげます　うちの人
石ころみたいな　男の言葉
拾って女は隅へ置く

さて、軽くあしらわれた亭主どものグチ、捨てゼリフは——

カカア天下と　威張っちゃいるが
たかが家来は　俺一人
敵は七人　無事切りぬけて
帰りゃ可愛い　敵がいる
惚れた数から　ふられた数を
引けば女房が　残るだけ
連れて逃げてと　夢路の女
あなた起きてと　蹴る女房
酔うのはひととき　それでも夢を

描きつづける　ふしあわせ

ご当人たちの葛藤は別に、はたから見ると案外、いいカップルだったりして。

離れず遅れず　ついてく呼吸
小走り癖の　いい女房
かるい寝息が　となりにあれば
ただそれでいい　年齢になる
それは確かな　女の理屈
俺は深爪　して黙る

どどいつ人生模様 03 1998.9

秋の夜長

今年は短い夏でした。自然のサイクルが正常な軌道に戻って、秋からは季節通り、いい気候に恵まれることを祈りたいですね。

さて、まず最初は——

庭の松虫　音をとめてさえ
　もしや来たかと　胸さわぎ
やめばそれかと　つい騙されて
　エエじれったい　虫の声
長い夜だとは　恋せぬ人か
　秋も逢う夜は　明けやすい
のぞく月にも　気が恥ずかしい
　夜ごと釣らるる　蚊帳のうち
忍び足して　ねやの戸あけて
　そっと立ち聞く　虫の声
夫婦喧嘩は　三日の月よ
　一夜ひと夜に　円くなる

人間て気侭なものですね、虫の声にまで神経をとがらせるのですから。秋はやはり紅葉。

山も錦も　色染め分けて
　風に浮名の　たつ田姫
仇な嵐に　散らない操
　染めて見せたる　夕紅葉
うれしさあまって　紅葉が顔へ
　照るは落ち葉の　下こころ
色はよけれど　深山の紅葉
　あきという字が　気にかかる
秋が来たなら　未練は言わぬ
　ふっつりおもいを　桐一葉
木々の梢に　未練の色を
　思い残して　秋はゆく

秋の七草も可憐です。

秋の七草　見惚れて月は
　名残おしみて　明のこる
泣いていたのか　うつむく萩を
　起こしゃこぼれる　露の玉
春の嫁菜の　摘み残されて
　秋は野菊の　花ざかり

恋の行方はすべて手探り。

初手は冗談　中頃義理で
　今じゃ互いの　実と実
岡惚れしたのは　わたしが先よ
　手出ししたのは　ぬしが先
泣くもじれるも　ふさぐもお前
　機嫌直すも　またお前
聞こえぬふりして　くるまる背へ
　飲んでもぐれば　燗の肌
片目つぶれば　馬鹿ねの返事
　闇でかすかな　きりぎりす
秋から冬へ、時の流れはなぜか早くなるようです。

億の単位で　見ていた夢も
　くじがはずれて　ジャンボ野暮
ちらりちらりと　降る雪さえも
　積もりつもりて　深くなる
積もる話が　仰山おすえ
　それに今夜は　雪どすえ

あちきは
天山でゆるり
しとうござんす
ざぶんも
どぼんも
いやじゃ
いやじゃ

其の二　話のくずかご

1989〜1994

話のくずかご 01
1989.4

時間差

その時間、その場所に、その人間がいることは、ほとんど不可能だ。

しかし、間違いなく、あいつはクロだ。どこかに必ず抜け道がある。

逃げようとするものと、それを追う者。いわゆる、ある「特定された時間」をめぐってのアリバイ崩しで、時刻表がクローズアップされたのは、松本清張の『点と線』が最初だった。

時間差のナゾ解きは、それ以後、推理小説のおもしろさの一つの要素として、一連の西村京太郎作品にも引きつがれて人気を得ている。

が、知的な遊びを専らとする推理小説の世界は別にして、科学の進歩と交通機関の発達は、以前では考えられなかった空間の移動を可能にした。

今から一〇〇年前の一八八九年に東海道線が全通した当時、東京・大阪間は、二〇時間の旅だった。まるまる一日汽車に揺られ、所用をすませたら、また一日がかりで帰ってくる。トンボ返りでも三日、宿をとれば最低四日は必要だった（が、道中が長いだけ、その分だけ、駅弁など、旅の楽しみも多かったというわけだ）。

さらに江戸時代にまでさかのぼると、東海道一二五里二〇町を、ふつうの男子で一日十里、一三日間。天候が不順で川留などがあったりすれば、早くて一四～一五日の旅だった。行き返りだけで、まる一ヵ月。

それだけに、旅立ちに先だって用意した日用品もこまごまと数多い。すなわち――

手拭三本、頭巾、扇、矢立、鼻紙、大財布、小財布、耳掻、錐、小硯箱、小算盤、秤、風呂敷二枚、薬、糸針、髪結道具、提灯、弁当箱、綱三本などと記録にある。

いわゆる旅ではなく、「スワ鎌倉」「お家の大事」というわけで、もし飛脚を使った場合は、一一八五年当時、鎌倉・京都間で七日、早馬を使っても三～四日（一二六一年）、いずれも「駅伝」による乗り継ぎ・リレー方式で、この日数だ。

いま、突然、タイムスリップして、銭形の平次親分が現代にまぎれ込み、「東京・大阪間日帰り殺人事件」に遭遇したとしたら、解決不能、全く実行不可能の事件だとして、さすがの親分もギブ・アップ、犯人のアリバイは成立し、お宮入りとなるに違いない。

逆に、もし、浦島太郎が警部だったとしたら、いや考えられない事件ではない…と、玉手箱の底を、しげしげのぞき込んで、何かのヒントをつかんだかも知れない。

ところで、二一世紀の主力航空機は「二・七マッハで三〇〇人乗り」が中心になると、各種のデータ分析の結果、考えられている。かりに、そのタイプの旅客機が国際線に就航したとすると、東京・ニューヨーク間、東京・ロンドン間は、それぞれ現在の一二時間前後から、一挙に三時間圏に入ることになる。

いまでさえ、旅に出たとき、ふっと朝東京にいたのに信じられない気持にとらわれることがある。一種のタイムスリップ感、虚脱感、あるいは一種のカルチャー・ショックと言ってもよかろうか。

二一世紀になって、もしも、東京・ニューヨーク間をトンボ帰りすることがあったとしたら、日付変更線を「いわゆる一日」のうちに二度越えた途端、どこまでが昨日で、どこからが今日なのか、一瞬、わからなくなっちまうような気がしてならない。

御天道様はその昔から、東から出て西に沈んだ。一日は、ずっとずっと昔から二四時間だった。

考えようによれば、人間、平均寿命が延びたうえに、昔の人の何層倍もの「時間」の恩恵を受けている。一度ヨーロッパ旅行をした人は、コロンブスの昔にくらべて、六~七ヵ月分もの時間をプレゼントされたのに等しい。さてその分、「いい生き方」を、私たちはしているだろうか。

もう、これ以上、急ぐことはありますまい。先ごろ藤ノ木古墳の石棺が公開された。まさに一四〇〇年前のタイムカプセルだ。そんな古人（いにしえびと）からのメッセージに思いを馳せるのも、たまには、いいことかも知れない。

草や虫や土や
水がめの中のメダカや
いろいろなものを見ながら回ると
毎日様子が違いますから そのたびに面白くて
ずいぶん時間がかかります
クマガイモリカズ

話のくずかご 02
1989.10

月待ち

ダンゴと言ったら、お月見を思い浮かべる人のほうが多いと思うのに、なぜ〝月よりダンゴ〟とは言わないんだろう。

同じような意味でも、「蝶よ花よ」とはよく使うけれど、「月よ星よと育てられ」とは、あまり言わない。

語感や語呂のせいもあるだろう。が、やはり桜の花の華やかさ、明るさ、陽気さにくらべて、月の美しさには、冴々として、どこかに淋しいかげがあるからなのだろうか。

長屋の花見は落語のネタにもなるが、月見はどうもなりにくそうだ。でも、おぼろ月夜といえば、優しさや、どことはない艶っぽさを感じたりもするから、もともと秋という季節に、人の気持を沈み込ませる涼やかさがあるのかも知れない。


月の名所として、昔から名高いのは、信濃の姨捨、遠江の小夜の中山、近江の石山寺、播磨の明石潟。京や奈良の月を詠んだ歌も数多いけれど、現在と同様、名月は、都会の真ん中では、心のゆくまで、夜の更けるまで、飽かず眺めるには、どうやら不向きのようだ。

この頃は、もうあまり見かけることもなくなったが、昔から農山村には「月待ち」の行事があった。特定の月齢の夜、たとえば十五夜、十七夜、二十三夜などに、宵のうちから村人たちが、めいめいに飲みもの、食べものを持ち寄り、月の出を待ちながら講を開くのだが、楽しみの少ない農山村では、貴重な社交と情報交換の場でもあった。

この「月待ち」で思い出すのは、木下順二「二十二夜待ち」の舞台。

山深い村のお堂。月待ちの夜。村人が集っている。笛や太鼓も賑やかに、飲んだり踊ったり。

中に婆さまがひとり、貧しくて、はなから手ぶらの月待ちだけれど、孫息子の藤六に、「忘れてきたけに、とりに帰る」と言えば、村の衆はきっと食べさせてもくれる、飲ませてもくれると知恵つけられた通り、村人たちにもてなされ、すっかり座にとけこんで、今や宴もたけなわ。

そこへ突然、おっかないならず者がズカズカ。おびえて白けきる座。このお兄イさんの名がまたコワイ。天下に名高い盗賊で「虎狼の熊太郎」親分。

ヤイ酒をつげ、歌をうたえと吠えたてるうちに、村人は一人逃げ、二人逃げて最後に残ったのが、親分と婆さまの二人だけ。やがて孫息子の藤六が迎えにくる。帰ろうとする二人に、今夜はここへ泊れ、とダンビラをふりかざす親分。「おら一人で、こげな所に泊れるか! おっかねえでねえか」とつい本音。

眠る三人。遠くでゴウゴウという音。きのうの雨で増水した川の水音。婆さまが、ふと目ざめて言う。「藤六よ、藤六よ、あのごうごういうとるのは何だ」

「あら淀川の水の音だが」

「そうか、念晴らしにちょっと見てこいや」

言われて孫息子、飛び出して行き、やっぱり、そうだったと婆さまを得心させて、寝かせつける。しばらくすると、また婆さま。

「藤六よ、藤六よ、あのごうごういうとるのは何だ」。そのたびに出掛ける藤六。夜の明けるまで何度も何度も。親分も三回くらいまでは目がさめてイラ立つが、とうとう根負けして白河夜舟。朝がきて、十ぺんも行ったと聞き、あきれる親分。どうせ寝呆けたババアの言うこと、わざわざ見に行く馬鹿があるか、といわれて藤六。なんてこと、たった一人の大事な身より。気のすむようにしてやらなくて、どうする、とキッパリ。

帰る二人を見送って虎狼の熊太郎、なぜか急に里心が出て、久しぶり親の顔でも見に帰るか、と立ち上って、幕。

見たあとの余韻が、未だに残って忘れ難い。

日本の月にまつわるお話で、最も古いのはもちろん竹取物語。月へ帰るかぐや姫を、竹取の翁も、帝も警固の武士二〇〇〇人も、なす術なく見送ったが、海王星まで人工衛星を飛ばす現代なら、姫を追うことも、送りとどけることもできたろう。

　一九六九年七月二一日、アポロ11号がはじめて月面着陸に成功して、今年で二〇年。人類では史上二番目に月の上に立ったオルドリン飛行士が最初にした行為は、なんとオシッコだった。もっとも宇宙服の中のパンツの中にではあったが。

　そして、宇宙船からの眺めで、最も美しい一つが、地球と、日暮れ時に宇宙船外に放出されたオシッコだという。一瞬のうちに凍結した小便が無数の氷滴になって散乱し、太陽の光を受けて七色に輝き、信じがたい美しさだ、という。宇宙飛行士は、それを〝宇宙ホタル〟と名づけている。

話のくずかご 03
1990.1

ほどほどに

　とかく酒好きは、言訳がましく、なにやかや、口実をみつけては飲みたがる。

　盆、暮れ、正月、雪月花、雨だ風だと、言訳をみつけることのうまいこと。しかし地震をもっけの幸いと、酒盛りをはじめる飲んべえは、まず、あるまい。

　関東大震災で、グラグラッときた途端、

「いけねえ、これじゃ東京中の酒瓶がぶっ壊れて、みんな地ベタに吸いこまれちまう」とやにわに財布をひっつかむや近所の酒屋へ飛び込んで、たてつづけに升酒を二杯、オロオロしている酒屋の主人の「お代なんざ、いつでもいいすよ」の声に、そいじゃゴメンよと一升瓶を両脇にかかえてヨロヨロフラフラ、上機嫌でご帰還におよんだという逸話は、いかにも酒仙・五代目志ん生らしい。

落語には、いろんな飲んべえが登場する。斗酒なお辞せずの酒豪は「試し酒」の久造だろうか。久造の主人・近江屋が大家と賭けをする。久造なら五升はイケルと。それでは飲ませてみようと酒を出されて久造、ちょっと失礼と表へ出、しばらくして戻るや見事に五升を飲み干す。お見事、わたしの負けだ、ところでさっき、飲む前に表へ行ったのには、何かワケでもあるのか、と大家に聞かれて久造「五升なんて酒、飲んだことがねえから、そこの酒屋で、試しに五升飲んできた」。

これぞ、まことのウワバミ。五代目柳家小さんが得意とする。

『水鳥記（すいちょうき）』という寛文七（一六六七）年に出された酒の飲みくらべテンマツ記では、江戸随一の酒豪は、小石川原町の地黄坊樽次とある。

文化一四（一八一七）年三月二三日に、江戸・両国の料亭「万八楼」で開かれた飲みくらべでは、

七升五合　天堀屋七右衛門（七三才）
八升一合　伊勢屋伝兵衛（四七才）
九升　堺屋忠蔵（六八才）
一斗九升五合　鯉屋利兵衛（三〇才）

の記録がみえる。この日、さすがに二斗近くも飲んだ利兵衛は、飲み終るやその場に倒れ、かなり長く休んだが、目をさますと水を茶碗に一七杯も飲んだとか。

「イッキ、イッキ」とは言うけれど、一体、どんな肝臓の持主なんだろうか。

が、酒量を誇るのもトキにはいいが、〈酒のみは奴豆腐によく似たり、はじめ四角で末はぐずぐず〉と、絡んだり泣いたり暴れたり、小間物を広げたりと、周囲のハナつまみにはならぬよう、心がけたい。

そんな酒好きの一つのルールとして、ご紹介したいのが、ある雑誌編集部の「酒則六ヵ條」。

第一條　酒間は勝手気ままたるべし。席次も酒の種類も量も好きなように。

第二條　献酬を禁ず。自分の酒は自分の手でつぐべし。誰しも自分の酒量に応じて飲んでいるのだ。それを狂わせるな。

第三條　酒間は同僚同士仕事の話をするなかれ。仕事の話があったら、も一度職場に帰り、それをすませてからやって来い。

第四條　勝手に消えるべし。飲みたくなかったら早く消えよ。消えるときは挨拶などしないこと。折角楽しんでいる人の気分を乱さないようにソッと消えたまえ。

第五條　勘定は最後から二番目の者が払え。最後の奴は酔っ払っていて支払い能力がなくなっているから。

第六條　領収証は必ず持って来い。

第六條　翌朝は誰よりも早く出勤のこと。特に昨夜一緒に飲んだ年長者より遅れることは断じて許さない。

この戒律を破った者には三ヵ月の禁酒を命ずる。

以上

いかがです。ちょいと心憎い約束事だとは思いませんか。

子供の成長は、親の楽しみ。そして酒に目がない父親が、よくいうセリフの一つが、

「息子と一緒に飲むのが、オレの夢」。

落語では「親子酒」。父子そろっての酒好きで、シクジリも多い。で、二人で禁酒の誓い。二、三日はまあ我慢できても、一週間、一〇日と過ぎるあたりから、どうにも苦しくっていけない。息子が仕事で出た留守に、親父は、とうとう女房を言いくるめて一本、二本。息子が帰ってきたときは、すっかり出来上っている。

「なんだ、おめえは。てめえみたいに顔が三つも四つにも見えるバケモノにゃ、この身代が渡せるかい！」と大気焔。これも外で、つい誘われて禁を破ってしまった息子。

「てやんでぇ。こんなグルグル廻るウチなんか、いらねえや！」

なにかと飲まされる機会の多い季節。泥酔して千鳥足から万鳥足へ、大トラに化けて檻の中で目がさめた、とならぬようご自戒を。

話のくずかご 04 1990.7

煙火

眠らない街がある。

人の流れは絶えない。夜通し、店はあいている。時々華やかな笑い声がビルの谷間にハネ返る。明け方にはいくらか数は減るが、車も結構走り回っている。

忙しげで、屈託なげで、どこか浮き浮きした都会の二四時間。人々は暗闇があることなどまるで知らないようにみえる。

行き暮れて、道に迷い、森の中で空が白むのを息をつめるようにして待つ旅人とか、トボトボと山路を越えてきて、遥か彼方、野づらの果てに、ポツンと小さな明かりを見つけたときの心のときめきといった話は、もはや現代人には縁遠くなってしまったようだ。

ましてや遠い昔、真っ暗な闇が地球を支配していて、人間は風の音、木の葉のそよぎ、獣の気配に脅えつつ、祈るような気持で夜明けを待っていたことなど、想像のほかの出来事に違いない。

闇が深いだけ、太陽への信仰と崇敬は大きかったし、火もまた、畏敬すべきものとして宗教儀式や呪いの対象とされた。太陽と火に関する神話が世界には数多く残されている。

火を恐れず近づくことから、やがて自らの手で火を生み出す技術を身につけた瞬間からヒトは初めて動物から万物の霊長への一歩を踏み出す。今から四〇~五〇万年前、北京原人の時代。以後人間の生活と火との関わりの深さは、古代ギリシャ語のエピスチオン（家族）＝かまどの傍らなる者を意味することや、日本語の家は「へ」＝竈にイの接頭語をつけたものとする説などからも窺える。

火祭の儀式は、今も各地方に伝えられているし、「大文字焼」は共同体で行う盆の送り火の名残りともいう。

火が内包する生産と破壊の二面性は、原子の火が最も象徴的だ。殺戮の道具としての火術の発達は、もうお終いに願いたい。

火術を芸術的な分野にまで止揚したのが、花火。公的な用語は「煙火」という。

一五世紀頃、イタリアのフィレンツェを中心にヨーロッパ各地で広まった花火は単色で、現在のように鮮やかな色彩を競うようになったのは、一九世紀に入ってから。

日本のもっとも古い信頼できる記録は、慶長一八（一六一三）年八月六日。徳川家康が駿府城二の丸で見た花火。それも兵器としての火術紹介の添え物的な見世物扱いだった。

そんな生い立ちの日本の花火を、世界にも類を見ない芸術品に育て上げたのは、江戸町人の心意気だと、花火師・小勝郷右さんは、こんな風に、その自伝で書いている。

『花火。平和のシンボル。しかし、だからこそといってもいいのだが、この花火の打ち上げには莫大な費用がかかる。たとえば、短時間に何十発もの花火がはじけるスターマインなどを打ち上げれば、ほんの三〇秒でざっと一千万の費用が中空に消えてしまうことさえある。これほどはかなく、華やかなものがこの世にあるだろうか。消費といえばこれほど徹底的なものはない。「宵越しの金は持たない」と、粋がることを身上とした、江戸っ子ならではの、やせがまんの歴史が日本の花火のなかには息づいてきた。とくに江戸時代を通じて花火の伝統を守りつづけてきたのは、あの柳橋の色街旦那衆の心意気だったのである。そういう意味では、花火は何よりの町人文化だったのだ。おなじ火薬を使いながらも戦争とはまったく反対側の文化としての性格がこれほどはっきりしているのも、戦争の嫌いな町人がこの伝統を守りぬいてきたからこそだといえる』

小勝さんは、また、花火の天敵は戦争だけでなく、急激な経済成長がヘドロの川を生み交通渋滞をひきおこして、人々がゆっくり花火見物する場所をなくしてしまう、と嘆き、花火という風物詩は、〃戦争のない平和〃だけでなく、〃人の心のなかの平和〃がなければ存続ができない天然記念物のようなものかもしれない、と語る。

ナイヤガラに仕掛け花火をしてみたい、技術的には、今すぐにでも可能と夢いっぱいの小勝さんだが、子供たちの夏の夜には欠かせない線香花火を、いかに上手に作るかが、花火師の仕事の基礎だともいう。

手牡丹ともいう線香花火は、作業がごく簡単なだけ、上手に作るのが難しい。いかに美しいものにするかという情熱と、使う紙の質、火薬の量、撚り方ひとつで〃作品〃に天と地ほどの差がでるのだという。

命がけで庶民の夢を創る小勝さんの職人芸、今年の夏は、どこの夜空を彩ることだろうか。

小勝郷右（オガツ・キョウスケ）1919-1993
『花火――火の芸術』岩波新書
『花火をあげる』ポプラブックス

話のくずかご 05 1991.1

夢と希望

「もし、もう一度生まれ変われるなら、あなたは男がいいか、女がいいか？」

こんな質問を受けたこと、ありませんか？　あるいは、もう少し意地悪く、

「生まれ変わっても、あなたはやはり今のご主人（または奥さん）を生涯の伴侶に選びますか？」

その答え方次第では、おおかた、その人の来し方・行く末が満足できるものだったかどうかを窺い知ることができようという仕掛けだ。

〝人生なんて、みんな似たようなもんよ。やり直してみたって、また同じ苦労をするだけ。一回で、もう充分。つまんないこと考えてないで、サ、働らコ、働らコ〟とサラリと受け流してみせる人もある。

すっかり諦めた人、悟り澄ました人のことは別にして、同じような生き方で良し、と言える人は、七、八割かた、まずまずは悔いのない人生を送ることができていると考えていいのだろう。

もちろん、世の中には、一〇〇％満足できる生涯だった、生まれ変わっても、躊躇なく同じ生き方を選ぶことだろう、と断言できる幸せな人もあるとは思うけど、おおかたは、

〝あの時、もしも、別の選択をしていたら、また、違った道が開けていたかも……〟

と思い返す瞬間が、これまでに一度や二度はあった

に相違ない。

　が、人生いろいろ、男も女もいろいろ咲き乱れるからこそ、明日に夢や希望を託して人は生きようと奮い立つのかもしれない。

　パンドラの壺は、そんな人間のいじらしさを見事に突いたギリシャ神話といってよい。

　パンドラは、ゼウスが鍛冶の神＝ヘファイストスに造らせた人類最初の女性。天上の火を盗んだプロメテウスを罰するため、ゼウスは一個の壺をパンドラに持たせて人間界に送りこむ。プロメテウスはその贈り物を拒絶するが、彼の弟エピメテウスはパンドラを妻として迎え入れる。そして、つい好奇心に駆られたパンドラが壺の蓋を開けた途端、病苦、貪欲、嫉妬、憎悪などのあらゆる罪悪と災いが飛び出して、人間は不幸の淵に沈む羽目になる。驚いたパンドラが慌てて蓋を閉めたとき、壺の中に、たった一つ、残されたものがあった。それが〈希望〉。

　苦しいときの神頼み、というが、ギリシャの神も、随分と意地が悪いようだ。

（余談だが、パンドラは粘土から造られたという。そしてイブはアダムの肋骨から。粗大ゴミ・濡れ落葉扱いのお父さんたち、気を大きく持ちましょうよ。相手はたかが泥か骨なんですよ。）

　年の暮れに「えー、夢やお払い、叶わなかったお願いごとはありませんか？　無残に散った夢はありませんか？　チリ紙と交換いたします」と、ご町内を廻ったら、そのあまりの重さに腰が抜けるかもしれない。

　しかし、何事によらず区切りを設けるのはまこと賢い生活から出た知恵には違いない。年が改まっただけなのに、なにか、いいことありそうな気になって、お年玉をはずんだり、お屠蘇をついつい飲み過ぎたり……

　それにしても、自分の人生には早々と見切りをつけ、子供を、叶えられなかった夢の掃き溜めにするのだけは、やめたい。

「おやじも随分頑張ったよなあ。一生懸命だったもんなあ。おれ、おやじの夢、継いでみっか」と、親の生きざまを子供が自然に受けて立つ一生こそ好ましい。現在の職人芸・伝統文化の後継者難は、親子関係より社会制度の貧困にある。夢を持とうにも、まるで未来が見えなければ諦めるしかない。誰にもそれを強制することなんぞできやしない。

夢はともかく、私達が次の世代に贈るべき最上の遺産は、このかけがえのない美しき惑星・地球のいのちだろう。

「おとうさん、おかあさん方へ

もし、あなたたちが子どもにしあわせな人生をおくってもらいたいのなら、今すぐ汚染をなんとかして下さい。ぼくらが大人になっても魚がたくさんたべられるように、海にごみなど捨てないで下さい。

マイケル＝ラッセル（一〇歳）・カナダ」

「神さま、わたしは、あなたが間違いをなさったと思います。神は間違いをしないと、みんなはいいますけど。人間にこの世をおまかせになったのが、間違いだと思います。

どうかわたしたちにこわさせないで。地球はこわすには美しすぎます。わたしたちの手から地球をお守り下さい、神さま。**ローズマリー＝ジョーンズ（一四歳）・バミューダ**」

これは七〇数ヵ国の子供達の声を集めた『美しい地球をよごさないで』にみた祈りの声だ。

ヘレン・エクスレイ編
『美しい地球をよごさないで』偕成社、1987

話のくずかご 06 1991.7

マネ

顔・かたちのよく似た人が、世の中には少なくとも三人はいると言います。

子どもが親に似るのは、いわば当然で、なんの不思議もありません。アラ、目はお父さまソックリ、口許はお母さん似ね。ご両親の良いとこばっかり貰って、ホント、可愛い赤ちゃん。羨ましいわ、私も早く結婚したくなっちゃった、なんて会話を、よく、巷で耳にします。

しかし、他人の空似の言葉通り、ほんとよく似たソックリさんもいるようです。初めて恋した人に似てる、とか、若いときの母親に生き写し、なんてのをお得意の口説き文句にする甘ったれた男が、あちこちにいます。

テレビなどにも、ときどきソックリさんが登場しています。エルビス・プレスリーのソックリさんが、アメリカには十数人もいるとか。なぜかマリリン・モンローのソックリさんが、日本のホテルの宣伝をしていたりしますが、あれ、どう見ても落ちぶれた感じがして、いただけません。

スターやタレントによく似てるというのは他愛もない話ですが、時の権力者に、あまりに瓜二つだったため、思いもかけぬ人生を歩む羽目にあう場合もあるようです。

スターリンの影武者をつとめ、彼の死後は四〇年近くもひっそりと生きることを余儀なくされたラジブという人が、ついこの間、九三歳で死亡したと報じられていました。

黒沢明監督は、戦国の世で影武者として翻弄される男の姿を描きましたが、隆慶一郎の小説『影武者徳川家康』は、影どころか、図太く生き抜いた男のお話。他人はともかく、男女の仲は欺けません。奥方や数ある側室とどんな契りを結んでみせたか、本筋は勿論そんなナマ臭い話ばかりではありませんが、なかなか面白く読ませてくれます。

スターリンの影となったラジブさんは、二年間の訓練を受けたあと、集会などに出たといいます。

姿かたち、言葉使いや、ちょっとした癖・仕草などは、ある程度まで、似せることはできましょう。声色や瞳の色も、難しいけど、出来ない相談ではありません。

問題は、心底、本人になりきることができるかどうか。隆慶一郎は、危機に直面するたびに、こんな時、家康ならどうした、とトコトン考えることで、コピーから抜け出て、ひとり歩きをはじめる影武者像を作り出しました。言い換えれば影武者が単なる影であることを止めて、ホンモノ以上にホンモノらしく生きてみせた物語とも言えましょう。

芸の世界には、マネることから始めて、次第に独自の作風や境地をつくり上げた出世物語は、数多くあります。

美空ひばりも、初めは笠置シズ子の物真似でデビューをしました。歌舞伎や落語、茶道や文学などでも、まず、名人・達者といわれる人の芸を真似ることから始めるのがよいといいます。

マネというと、何か馬鹿にしたようでイヤに思う人もいますが、「学ぶ」という言葉はもともとは「真似ぶ」からきています。要は真似事のままで終わってしまうかどうかが、コピーとしてのソックリさん＝ニセモノとホンモノとの大事な別れ道になろうというわけです。

コロッケと美川憲一の場合は、ちょっと奇妙なソックリ物語です。落ち目気味だったホンモノが、コロッケの物真似で、まさに奇跡のカムバック。マネたほうも真似られたほうも、恨みっこなし、めでたしメデタシのハッピーエンドなのですから。もっともコロッケの芸は、物真似というよりは、戯画化、一種のパロディー化と見たほうが適切かもしれません。それだけに特殊の芸域をひらいて成功したといえるかも知れません。

　これ見よがしに、すべてブランドものづくし、というのも厭味になりますが、ブランドもののコピーを買い漁って喜ぶのも考えものです。

　どうせコピー、贋物、安物という気持は生き方そのものまでを安っぽくする恐れがあります。使い捨て商品の氾濫は、いまや一つの環境問題です。

　本物を持つことで、自から物を大切にする生活態度が身につくものですし、本物に接することで教養は磨かれます。そして同じ真似をするなら、真似るに足るだけの値打ちのある相手を選んで格闘することです。

　子どもは、親をみて育ちます。まず、親の真似から人生を始めます。ダメな人の見本みたいにカミサンに言わせぬよう頑張りましょう。

両者の所作
そっくりです
エンブレム
ではないので
反則では
ありませんが、
問題は
マネした以上
負けるわけには
いきません！
やりにくい
だろうね
待ったなし!!

話のくずかご 07 1991.10

身から出た錆

『僕はさっきから、小屋の外に出て、トイレットのあくのを待っていた。

小屋の登山客は大勢で、トイレットは一つしかない。そこで大分時間がかかる。待ちながら壮麗な風景に見とれていると、次々に人が入ってしまうから中々入れない。

やっと自分の番になった。

涼しすぎて寒いくらいの、アルペン・トイレット・ルームではある。

オシリが冷い。

冷い筈だ。尾根の斜面に突出した土台は、岩の破片を石垣のように高く積上げた物で、その隙間から海抜三千米の風が、一切お構いなしにひゅうひゅう吹上げて来る。

こんな処で何時までも頑張っていると、風邪を引いてしまう。

偖（さ）て出ようとして、ぎょっとした。

「落し紙片（パピエ）」がどうしても下に落ちないではないか。

うっかり手を離すと、落ちるどころか反対に舞上って来る。

僕は中途半端で泣きたくなった。

仕方がないので長い事かかって、風圧の最も弱いと思われる瞬間を狙い、穴の風下の横っちょに投げ出した。

落ちたかどうかを確かめるには、余りに危険であった。大急ぎで退却にかぎる。どうも板の裏側に風で張りついたらしい。

それに見ると廻りには、実に怪し気な紙片が、ふわっ、ふわっと今にも飛翔せんばかりに浮立っている。

戸を開く。

途端にどっと渦を巻いて、紙片は外に飛出した。

（中略）

気がつくと、小屋の前には沢山の紙屑が散らばり、それが遠慮なく風でくるくると舞立っていた。実に無気味である。

知らないと呑気なものだ。その中で悠々と写真を撮っている人が居た。』

昭和一九年に若くして戦死した彫刻家・加藤泰三『霧の山稜』の中の「困った話」。北アルプス・大槍肩の小屋のスケッチである。他にも「ヤケクソの話」という思わず吹き出すおとし話もある。

これが書かれた時から、ほぼ半世紀後の今年七月、富士山の八合目にある山小屋「太子館」に簡易水洗トイレが誕生した。できる限り山をきれいにしておきたい、という主人・井上さんの英断だった。が、紙おむつや生理用品などを無造作に捨てる登山客のために、二日に一度はトイレが詰まる有様で、マナーが悪い、作るのが一〇年早かった、と井上さんを嘆かせている。

トイレ教授の異名がある西岡秀雄慶応義塾大学名誉教授の統計によれば、日本人は男性が三・五メートル、女性が一二・五メートル、合計すると赤道を一〇回トイレットペーパーでぐるぐる巻きできる量を一日に消費する勘定になるそうである。

人間までも「粗大ゴミ」扱いする昨今だから、地球をトイレットペーパーで布団蒸しの半殺しにしても、電話一本で、真新しい地球と交換できると思い込む人種が、とりわけ日本では増えているのかもしれない（粗大ゴミや濡れ落葉は、言葉としてはもう死語で、最近では「恐怖のワシ男」＝ワシも行くと女房のシリに爪をたてる、が一番新シイとか）。

　それにしても地球環境の、とりわけ身近なゴミ処理問題は、文字通り揺り籠から墓場まで、私たちが避けて通れぬ一人ひとりの生き方にも関わる緊急課題になってきた。

　エベレスト山までもが、いまやゴミだらけで、ついにこの年末、冬季南西壁に挑む日本の登山隊は、自らのゴミを持ち帰るだけでなく、これまでに捨てられた装備品なども回収する計画だという。

　滅多には人の辿り着けぬ場所までがこうだから、町なかに自動車をポイ捨てにする輩が増えるのも当然の成り行きなのかもしれない。八九年度は四六二万台が廃車処分にされたが、解体しても一台一五〇〇円前後で採算がとれぬため、業者の転廃業が続出しているという。その鉄屑工業会が六月十三日、鉄リサイクル工業会と名称を変更した。

　五〇年ほど前までは、日本でも、し尿はもとより生ゴミから様々な生活用品まで、無駄なく活用されていた。高度経済成長が事情を一変させた。消費は美徳であり、使い捨てが賢い生活とされた。身から出た錆とはいえ、いま、私たちは手厳しいシッペ返しを受けつつある。

　捨てる物、不要なものは何一つない、本当に地球に優しい暮らしをしている人が、世界には、まだまだいる。それを不便だ、未開だ、貧乏たらしいと笑う前に、私たちはもっと謙虚に、敬虔になるべきではなかろうか。

要は金目じゃ それでカタはつく
しかし、そちもワルよのォー
ホッホッホ そこでひとつお計らいを。
ゼニは溜まりますが ゴミもいっしょでございますからな。

話のくずかご 08
1992.1

時の流れ

師走といい、大晦日といい、正月・新年とはいっても、それは単なるシキタリごとで、

「昨日また、かくてありけり。

明日もまた、かくてありなむ。

このいのち、なにをあくせく、
明日をのみ、思いわずらふ」

と悟りきるには、我ら凡人、あまりにも悩みごとのみ多き時代を迎えつつあるようです。

年齢・性別を問わず、年々歳々、新しいストレス症状が増え続けています。

出勤・登校・帰宅・休日などの拒否症候群や、空巣・燃えつき・上昇停止などの症候群がそれです（空巣症候群とは、活気と幸せに満ちていた家庭が、仕事で不在勝ちの夫、子どもの成長と巣立ちなどのために、カラッポになってしまったような抑鬱感、虚脱感に落ち込んでしまう心身症で、燃えつき症候群は仕事や事業一途だった人が、突然、仕事との一体感・緊張感を失ってしまう症状です）。

何者かの影に、絶えずオビエ、オノノキ、追いかけられている人たちが、確かに増加しているようなのです。

どこかで区切りやケジメをつけ、気を取り直したり、態勢を建て直したり、気分転換に旅に出たり、遊びや趣味に没頭したりは、やはり現代を生きてい

く上で、欠かせぬ生活の知恵といえましょう。

盆・暮れ・正月、晦日や日曜は、だから人並みに休んだり、羽根を伸ばしたり、ゴロ寝をしたり、酔いしれたりのダラシナサにおぼれたりするのも、健康のためにはいいのかもしれません。

が、それにしても、昨今の日本。地球上では、一番、時間の進み方が早いような気がしてなりません。

今や日本の企業戦士の〝カローシ〟は、国際的にも通用する日本語だそうです。サムライ、ハラキリ、カミカゼ、ゲイシャのようにあまり自慢にしたい言葉ではありません。

〝働いて、働いて、働くだけが人生か？　お疲れさまの日本に〇〇ドリンク〟〝日本を休もう〟と、コマーシャルの世界でも、日本は働き過ぎの同義語として定着しています。

一九六〇年代の終わり、日本のＧＮＰが世界第二位に達した当時の〝オー、モーレツ〟は、現在の過労死と比べたら、まだまだ救いと明るさがあったような気もします。

ちょうど、その日本が急速な経済成長を遂げていた二〇年前に、西ドイツの児童文学作家、ミヒャエル・エンデが『モモ』を発表しています。

ふと、自分の越し方行く末に思いをめぐらす一瞬の心のスキを狙って、巧みな数字のマジックと詭弁で、人間から時間を盗んでいく灰色の紳士たち。彼らの誘惑におちた人たちの様子をエンデはこんな風に書いています。

「たしかに時間貯蓄家たちは、いい服装はしていました。お金もよけいにかせぎましたし、使うのもよけいです。けれど彼らは、ふきげんな、くたびれた、おこりっぽい顔をして、とげとげしい目つきでした」「彼らは余暇の時間でさえ、すこしのむだもなく使わなくてはと考えました。ですからその時間のうちにできるだけたくさんの娯楽をつめこもうと、もうやたらとせわしなく遊ぶのです」「仕事がたのしいとか、仕事への愛情をもって働いているかなどということは、問題ではなくなりました——むしろそんな考えは仕事のさまたげになります。だいじなことはただひとつ、できるだけ短時間に、できるだけたくさんの仕事をすることです」「時間をケチケチすることで、ほんとうはぜんぜんべつのなにかをケチケチしているということには、だれひとり気がついていないようでした。じぶんたちの生活が日ごとにまずしくなり、日ごとに画一的になり、日ごとに冷たくなっていることを、だれひとり認めようとはしませんでした」

この異常さに気付いたモモと時間泥棒たちとの闘いは、エンデの作品世界では、ハッピーエンドで終わっていますが、現実の世界では、時間貯蓄銀行を名乗る灰色の男たちの魔の手は、間違いなく、広く、大きくのびてきているとは思いませんか。

エンデはこうも言っています。

「時間をはかるにはカレンダーや時計がありますが、はかってみたところであまり意味はありません。というのは、だれでも知っているとおり、その時間にどんなことがあったかによって、わずか一時間でも永遠の長さに感じられることもあれば、ぎゃくにほんの一瞬と思えることもあるからです。

なぜなら、時間とはすなわち生活だからです。そして人間の生きる生活は、その人の心の中にあるからです」

要は心の持ちようです。野天風呂につかるだけで、ほんと、心がなごみます。のんびり、くつろいだ気分になります。時計の針までが、ゆっくり回っている気がします。野天風呂に、時間泥棒のつけいる余地はないのです。

話のくずかご 09 1992.7

レンタル

最近の代行業が扱う業務は、ますます広範囲で、しかも驚くほどプライベートな分野にまで及んできているようです。墓参りや下着の洗濯、振込などは日常のこと、いまや見染めた彼女への交際の申込み、デートの約束、恋文の代筆などの依頼も当たり前とか。

シラノ・ド・ベルジュラックが得意の役割ですが、違いは歴然、片や商売、片や男の心意気です。

まさか、とんとん拍子に話が運んで、結納から挙式、ベッドインまで代行することにはなりますまいが。

しかし、代理母も、すでに珍しくないこの頃ですから、そのうち、世界最初の代行花婿誕生なんてニュースが流れるかもしれません。

目下「心」をプラスした代行サービスとして売出し中のものに、レンタル家族があります。おもに淋しい老後を送る人からの「娘夫婦と孫」の引き合わせが多いとか。

実の娘や孫よりも、より娘らしく孫らしく和やかに家族だんらんを演じて、三時間で一五万円。わざとらしくなく、ごく自然に、そして決め手は出会いと別れ方だそうで、その練習には、もっとも力を入れる、ということです。

寡聞(かぶん)にして、外国の事情は知りませんが、こうした代行が「商売」として成り立っている、それまでも「商売」にしてしまう、のは恐らく日本以外にはみられないのではないでしょうか。

　息子や娘・孫をレンタルするには、それなりに、よんどころない事情もあるのでしょうが、日本の社会のひずみを象徴するようで、つい考え込まされてしまいます。

　人生、どうせ猿芝居、と割り切れば、ま、それもあるか、とは思いますが、金で買うということに、やはりこだわりが残ります。

　金の切れ目が縁の切れ目、地獄の沙汰も金次第、とシリをまくれば、ま、それもショムないか、とほとんど諦めたくもなりますが、どこか、落ち着かない気持です。

　山アラシジレンマという言葉が精神医学にあります。寒い冬に二匹の山アラシがお互いを温め合おうと近寄りますが、互いのトゲで傷つけあい、離れざるを得ない、だけどやはり近寄りたい。人間関係もこれと同じで、人と人との距離が近づけば近づくほど、お互いのエゴイズムで傷つけ合う度合が高くなる、だけど近しくしていたい、というジレンマを指す言葉です。

　一定の距離、ある種の約束ごと、ルールやきまりが、人間関係には必要です。時には下手なお芝居もしなくてはなりますまい。

　母の日、父の日の一日限りの感謝なんてのは、そのいい見本みたい。

「とかく、この世は住み難い。情に棹させば流される。知に働けば角がたつ」の言葉通り、生きていくうえで、ある程度のトラブルや葛藤、痛みや鬱陶しさを避けて通ることはできません。

　しかし、最近はそうした訓練の出来てない人々、苦手な人々が急増している気がしてなりません。

　必要なときだけレンタルし、用が足りたらさようなら、は極めて合理的な身の処し方ではあります。生活用品、道具類など、すべてレンタルで済ませたら、粗大ゴミは一挙に激減するでしょう。資源の無駄使いも少なくて、それこそ地球に優しい暮らし方です。

使い捨てでなく、いわば一種のリサイクル。考えようによっては、レンタル人生を徹底させたら、日本人の国民性は、革命的な転換を遂げるかもしれませんよ。

公共の器物や場所、建造物の扱いが、日本人は、とくにお粗末です。壊したり汚したりしても知らん顔です。共有の財産、という思考・生活態度に全くと言っていいほど不慣れな人種が多くなる一方です。レンタル暮らしで物は天下のまわりものと悟れば、少しは共有して物を使うことに上達する、と悦にいるのは、やはり甘いかも。どうせ借り物と、もっと扱いが荒っぽくなるかもしれませんね。

となると、残された共有の財産・地球を守るたった一つの道は、共同浴場いわゆる銭湯をいっぱい造って、そこに気難しい御隠居に出張ってもらって、「こらっ、坊主、湯舟に入る前には、ちゃんと足とシモを洗いな。おっと、そこの若いの、ちいと背中を流してくんな」と、社会教育の重責を担ってもらうしかないのかな、と馬鹿馬鹿しい妄想をたくましくしたりもするのです。

が、それにしても、レンタル家族、というと、洗剤のコマーシャルで時々見かけるルンルン気分のスキップ夫婦をつい思い出して、やっぱり、どうにも馴染めないのです。

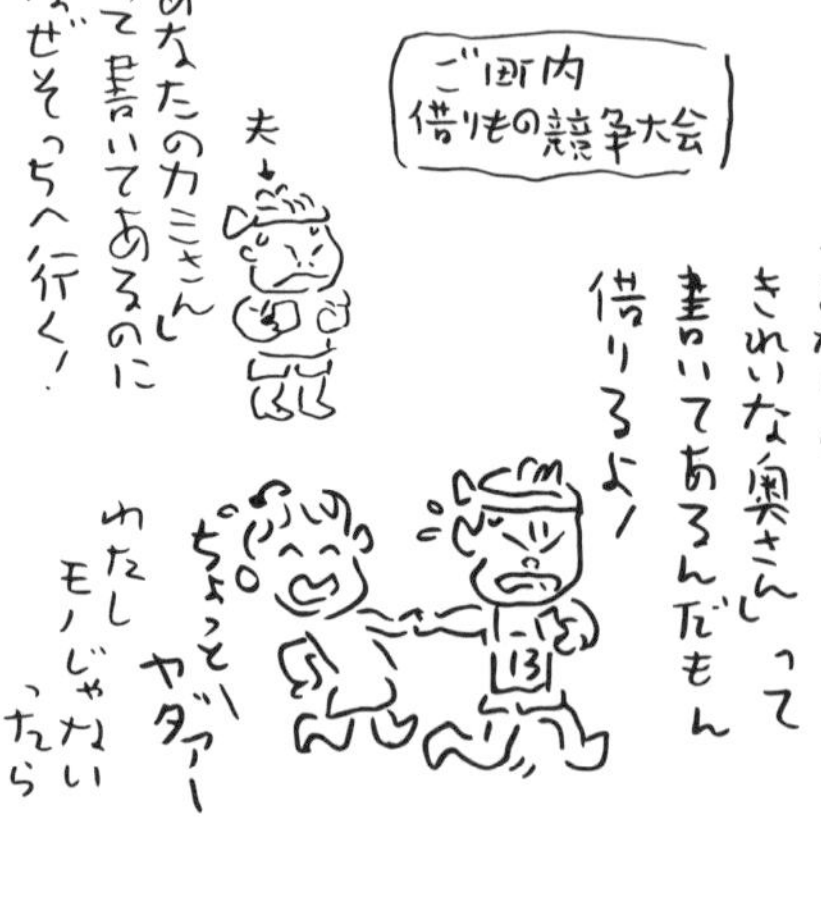

話のくずかご ⑩ 1992.4

カモ

「矢ガモ」の発見から保護まで、ちょっと煽り過ぎのマスコミ報道には辟易したものの、まずは無事に一件落着。

「たかがカモ、されど矢ガモ」の痛々しげな映像が、二一日間にわたって、人々の心に投げかけた波紋は、決して小さくはなかったと思うのだが、さても、あれだけの大騒動にしておきながら、その後のマスコミ報道は野生動物の実態や棲息環境の保護、人類との共存や地球規模での環境破壊問題には、どうもあまり御執心ではないようにみえた。

鉄は熱いうちにと社会の木鐸としてのキャンペーンを展開するには、またとない機会だと思ったが、マスコミは、次の新しい被害者探しに精一杯の様子だった。二匹目、三匹目のドジョウを狙え、が、その道の常套手段とはいえ、どうみても片手落ちの誹りは免れえまい。

それにつけても、カモと人間の関わりは深く、長い。

ホットなところでは、皇太子が、雅子さんとの最初のデート・スポットに選んだのが、千葉の鴨場だった。

皇太子は、全力であなたを守ると彼女に誓ったが、カモの場合はメスが外敵に対して保護色に徹し、巣に伏せてヒナを護りつつ、危険が迫った場合には、傷ついたふりをして巣の反対方向に敵を誘う「擬傷」動作をすることが知られている。

カルガモも、なぜか皇居周辺がお気に入りとみえる。一時期、いつ、丸の内のオフィス街から皇居のお濠りへ、一家揃ってのお引っ越しをするかが、定番のニュースネタになっていたことがあった。そこ退けそこ退け、カルガモさまのお通りだい、とそのときばかりは、さすがのクルマの洪水も流れを止めて見送った。

貝塚から出土する鳥の骨では、カモ類がもっとも多い。現在でも、狩猟の対象として、毎年、マガモ、カルガモ、コガモなど一四種、九〇〜一〇〇万羽が撃殺されている。事実、保護されたオナガカモも、矢のほかに、体内二ヵ所に散弾を受けていた。むごいようだが折角、矢の傷こそ癒えたとしても、どこかの空で、ふたたびハンターの標的となることも充分、予想されることなのだ。

それほど、カモの肉はうまいという人がいる。旬は冬。皮下脂肪に富み、赤みを帯びた肉は柔らかくて、風味があり、鳥肉のなかでは、もっとも美味と評する人もある。播磨国風土記に記載されているカモの「あつもの」が、日本の文献に残る最古の鴨料理とされている。

庶民にいちばん馴染みの深い鴨料理(?)は「かもなんばん」だが、それを献立表にのせているお蕎麦屋さんも、いまは数少なくなった。

貴族や武家社会では、キジが最高の美饌(びせん)とされたし、近世になるとツルが武家では珍重された。

カモを願ってもない御馳走、としたのはむしろ庶民で、そこから、この上もない獲物や快楽、幸運を意味する隠語にも使われるようになった。

「カモがネギを背負ってきたぜ」「いいカモにされちまった」などは、今も日常、普段に使い馴らされているが、「いとこ同士は鴨の味」「逢い戻りは鴨の味」「兄弟喧嘩はカモの味がする」と言われると、もうワカンナ〜イ世代が増えてきた。夫婦、男女、兄弟の仲のいいこと、交わりの深さ、あじの良さなどを意味する。

「カモの水掻き」は、人に知れない苦労の絶えぬこと。いかにも気楽に泳いでいるように見えるが、水中でカモは懸命に足を動かしているわけだ。「カモの浮き寝」は、なんとなく頼り無く、不安なこと。「カモのスネ」は短いものの譬えだが、「カモの足、ツルのハギ」となると、身分相応、それぞれの天分に応じて物事に対処する意味になる。

カモ目カモ科カモ亜科に属するのは、約一二〇種。その中で絶滅したと見られるのが、バライロガモ、カササギカモ、カンムリツクシガモだ。今年四月からは「絶滅のおそれのある野生動植物の保存法」が施行される。カモに限らず、人間の愚かな思い上がり、経済至上主義で、貴重な動植物を根絶やしにしてはなるまい。

箱根、須雲川で、のどかに水浴びを楽しんでいるのは、マガモ。羽毛の鮮やかなほうがオスで、地味なほうがメス。ただし、繁殖の終わる夏の初め頃には、オスも換毛して雌雄同色になり、秋には再び美しい飾毛に変わる。

話のくずかご 11 1992.10

グルメ

バブルがはじけた、不景気だ、とはいっても、私たちの身の回りには、物が満ち溢れています。真夜中でも、24時間営業のストアでおおよその日用品を賄うことができます。野菜や果物も、季節の別なく手にすることができます。不意の出費もキャッシュカードで凌ぐことができます。車も家電製品も、ニューモデルが次々と店頭に並んで、買い換えしないと、時代遅れの頑固なケチン坊、シーラカンス扱いです。

ほんとに不景気なんでしょうかねェ。

つい先ごろ、某市内のあちこちに積み上げられた粗大ゴミの異様な光景が話題になりました。テレビカメラに臆した様子もなく車に積み込んできた家具類を無造作に捨てていく人達。えーッ、拾いにきたんじゃなかったんだ。あれ、まだ使えそう。やだ、あんなの、うち、欲しかったんだ、とテレビの前で叫んでしまいました。

日本は、ほんとに景気の底をついてしまったのでしょうか、ねェ。

たしかに一時帰休や操業短縮、自己破産が増えつつあるのは事実です。地価の異常な高騰も、少しは落ち着きを見せた様子です。とはいえ、私たちの身の回りには商品が氾濫し、不自由や貧しさとは、まるで無縁に思える暮らし向きが支配的です。

おまけに、さまざまな食品のインスタント化が進んで、南極横断でも宇宙飛行でも、普段とあまり変わりない食生活が送れるようにもなりました（それでも宇宙飛行から帰った毛利さんが食べたいといったのはラーメン、秋山さんの場合は柚子をきかせた湯豆腐、三つ葉のおひたし、しじみの味噌汁だったりはしましたが）。

登山で四～五日、縦走を続けていると、帰ったら、真先に食べたいものを、あれこれ挙げつらねるのが妙に楽しく、励みにもなった経験をお持ちの方はありませんか？　そんな時、思い浮かべる食べ物で、その人の日常の暮らしぶりが窺えたりもするのですが、それでもせいぜい二〇種類程度で、だれもが満腹していたようです。

内田百閒（作家・随筆家／来春封切予定の黒沢明監督『まあだだよ』で映像化）が昭和一九年の初夏に『段段食ベルモノガ無クナッタノデ、セメテ記憶ノ中カラウマイ物、食ベタイ物ノ名前ダケデモ探シ出シテ見ヨウト思イツイテ』作った『餓鬼道肴蔬目録』がありますが、そこには、さわら刺身（生姜醤油）／たい刺身からはじまって一〇〇近くの食べ物の名が列記されています。

余計な文章は一切なし。『あじ一塩／くさや／さらしくじら／いいだこ……』など連綿と書き綴っただけのものなのに、自ずと内田百閒の食へのこだわりと生活態度、人間像が目に浮かんでくるのが、なんともいえず、おかしいのです。

『油揚げの焼タテ／揚げ玉入りノ味噌汁』もあれば『椎ノ実／南京豆』あり、『パイノ皮／シュークリーム』『駅売リノ鯛めし』なども出てきます。

この目録を眺めながら、つくづく感じ入るのは、なんと以前の日本人の食生活が変化に富み、豊かなものであったことか、という率直な印象です。確かに、今ではなかなか手の届かない高級品もありますが、『かまぼこノ板ヲ掻イテ取ッタ身ノ生姜醤油』なんてのもあって、食の楽しみを、とことん知っていたように思われてなりません。

内田百閒は、昼は蕎麦と決め、出前は正午きっかりに届くもの。間食は一切せずに、ひたすら夕食を楽しみに仕事をし、五時きっかりには、山海の珍味佳肴が目の前に並べられるもの、と考えていましたから、その予定が狂うと、たちまち不機嫌になるという、家人にとっては面倒見の大変な一面もあったようです。

国民総グルメといわれる現在ですが、指折り数えて語るに足る目録を、果してどれだけの人が書き残すことができるのでしょうか。

手造りの味、おふくろの味、伝統の味がグルメに重宝がられるということは、それが今や「失われつつある味」であることを、いや、もはや「まぼろしの味」であることを、何よりも雄弁に物語っているようにも思えてなりません

『餓鬼道肴蔬目録』は、内田百閒『御馳走帖』（中公文庫）所収。

話のくずかご ⑫ 1993.7

行水

行水の　捨てどころなし　虫の声　鬼貫

庭中に、すだくような虫の声。暑気払いに行水をつかったものの、短い夏を精一杯に歌う虫たちを驚

かすのが躊躇(ためら)われて、身繕いしながら、つい聞き惚れてしまう。

この、のどかさ。優しさ。艶っぽさ。

現在の日本では、もはや絶えて見ることの叶わぬ風景だ。広い庭も、盥も、すだく虫もすっかり縁遠いものになってしまった。

行水や　背中にそそぐ　楢の影　子規

この、おおらかさ、闊達さを味わえる自由人も、もう今では皆無だろう。

似たような景色が、もし見られるとすればそれは子どもの水遊びの情景。

片陰や　子を入れてある　大盥　長谷川かな女

大盥もポリエチレン製かビニール・プールに様変わりして、ベランダや庭の芝生に置かれるのが、今日このごろだ。

盥の文字が読めない。見たこともない。想像もつかない。いつか、そんな時代がくるのだろうか。

どこの町でも、最近はやたらカラスが我がもの顔だが、残念ながら、いまだに行水中の彼らを目撃したことがない。想像するだに可愛くも美しくもなく、いっそ不気味で、是非にと願うほどのワン・ショットでもないが、人の目に触れぬほど、噂通りのアッという間のカラスの行水なんだろう。

カモはもともと水鳥だから、水浴びして当たり前だが、北海道・登別には六年くらい前から、温泉好きのマガモ約一〇羽が飛来して人気者になっているという。「煮えてしまうんでないかい」と心配する苦労性の人間サマを横目に、水温四〇度の大湯沼の行水を結構楽しんでいるそうな。

以前、雛から育てた我が家の手のり文鳥は、水道の蛇口を開き、両の手で受けながら名前を呼んでやると、まず頭へ、それから肩、腕、掌へと順に飛び下り、伝い歩きして、無邪気な水遊びを掌中でして、私たちを嬉しがらせてくれた。寿命でもう見ることはできぬが、いまだに、その愛くるしい姿、感触を、顔や胸に飛び散った水沫とともに、鮮やかに思い出す。

行水にも、おのずとお人柄が出る。

行水を　ぽちゃりぽちゃりと　嫁遣い

行水に　寝るほど嫁は　囲わせる

人目を気づかって新妻は、外した雨戸で大仰に盥を囲う。いそいそと亭主が動く。

心おだやかならぬ、おふくろさん。

行水に　御たいそうなと　姑いい

暮らし向きに慣れさえすれば、

人目の隙に　妻の行水

と手際よくもでき、悟ってしまえば、

見たらままよと　尼の行水

の境地にも達する。遊び心も出てくると、

行水の　湧くうち　裏で二番取り

待ってる間の相撲二番が、きわめて素直な読みなのに、若い夫婦の裸相撲に決まってると深読みしたがる向きもあるそうな。

吉原では、行水は月のものを意味した。

行水の　わかる浅黄は　あかがぬけ

遣り手婆に、馴染みのおいらんは行水と囁かれ、きれいに遊べるようになって、初めて江戸勤番の田舎侍も、やっと一人前と認められたわけだ。

夏に夕立はつきもの。上方の小咄に、商家のおかみさんが行水の真っ最中、にわかに雲行きが怪しくなって、時ならぬ雷鳴。アレ、誰か来て、という悲鳴に駆けつけた丁稚と使用人。盥ごと、エッサエッサと担いで運び入れようとする間、おかみさんは前を隠し、小さくなってゆられてる。その姿をチラリと見た丁稚「おかみさん、隠すのは、もそっと上がええ」。雷さまは、へそが好きだった。

浮世絵でも川柳でも、恰好の題材になってきた行水のはじまりは「みそぎ」だとされている。身についた穢れを洗い清めて、病や災いを避けるための水浴で、寒中に冷水を浴びて神仏に祈願する水ごりの風習は、そのなごりだともいう。それをいとも見事に生活に取り込んでしまうところに、江戸の庶民の逞しさがある。元禄時代には、水上で生活をする人々のために、据（すえ）風呂をつけた小舟でまわって行水をさせ、風呂銭をとる者も現れた。行水船ともいったが、浴槽を湯船というのも、ここに由来がある。

最近、タチの良くない政治家が「みそぎ」は済んだ、と口走るのを、よく耳にするが、あれはむしろ、カラスの行水、蛙の面に××と言い換えたほうがいい。

野天風呂も、見方を変えれば、立派な行水だ。おおらかさあり、のどかさあり。艶っぽさも賑わいもある。秋には新しい湯船も出来て、この山間にまた楽しみが増える。

山の温泉や　裸の上の　天の川　　子規

湯あがりの　どこやら濡れて　涼しさよ　　日野草城

下着が消えたのだ！

ええい ゲスヤロー！

還暦を過ぎたというのに

甘い！

バシッ

イ、イエ、アレはのぞきではなくカミさんの見張りに…イテ

行水にこりて浅草は釜を買い

話のくずかご 13 1994.1

地の声

天賦の資質、というのはあるものですね。どんなに訓練しようと、努力しようと、絶対太刀打ちできぬ、持って生まれた資質の差というのはあるものです。

たとえば、声。カラオケに通いつめ、どれだけ涙ぐましい精進を積み重ねても、絶対、美空ひばりには及ばぬような。

歌は、完全に諦めました。だからカラオケなんてダイ嫌いです。昔、山小屋で蛮声を張り上げて、仲間から「いい声だ、イイ声だ、蛙の声の方がまだマシダ。まったくだ、マッタクダ」と囃されて以来、歌とは金輪際、縁を切ることにしたんです。

つきあいで、どうにも断れなくカラオケへ行く羽目になっても、だから相手を、ウマイ、天才、裕次郎そっくりとオダテあげ、マイクを握りっ放しにさせて、私はウォーッとかヒーッとか、うめき声とも悲鳴ともつかぬ金切り声で、合の手を入れる役回りに徹することを、なによりのご愛嬌と心得ているのです。

産声をあげて以来の悪声。かてて加えて、度はずれた音痴のだみ声、胴間声、塩辛声に、一度はカラオケに誘った人も、二度と誘おうとしないのが、せめてもの救いです。

そんなコンプレックスの反動でしょうか、玉のような声、甘い声、耳元へ囁きかける含み笑いのアダっぽい声、ハスキーでセクシャルな声にはとことん弱くて、たちまち、デレデレ、トロトロの骨無しになるテイタラクです。その道に詳しい人の話では、よがり声なんて、もっと艶っぽい声もあるとか。一度でいいから鳴かせてみたいとケシからぬ妄想に耽ったりもするのです。

昨年は、天の声がゼネコンにまみれた年でした。

鳥の声や虫の声、風邪声や猫撫で声なら想像もつきますが、天の声って、どんな時に、どこから聞こえてくるんでしょうか。

言語明瞭・意味不明確と評された首相がいましたが、天の声は、言語不明瞭で意味は明確な、どことなく、くぐもった声のような気がします。魚心あれば水心で、全くの部外者には、どっかで声がしたみたいだけど、あれは空耳か、と思わせる微妙な兼ね合い、アウンの呼吸がミソなんでしょうね。

天をダシに使われて、お天道様もいい迷惑です。天のニセモノが幅を利かすようでは世も末だ、人の道も地に堕ちたと嘆いたあまりの、昨年は日照不足だったかも。

天に唾したものには、厳しい天誅、天罰が下って当然です。

思いあがり、舞い上がって、足が地につかなくなったら、人間はオシマイです。私なんざ、地面にへばりつくような毎日で、お世辞にも他人様に自慢できる暮らし向きとは申せませんが、これが分相応の、地味で地道な生き方と心得てはいるつもりです。

私流の独断に基づく偏見では、裸足で土の上を歩くことを忘れてしまった人ほど、地面をきたならしいもの、汚れたものと思い違いをし勝ちな気がします。道路が舗装され、マイカーで走り回るのが日常になると、その思い違いは、ますます加速されるようにも思えるのです。

土埃りの舞う道を歩いている人がなんとなくどん臭く見え、平気で痰を吐き散らしたり、ジュースの空き缶を投げ捨てたりするようになるようです。

土足、土下座、土人、汚泥など、どこか見下したような語感の言葉もあります。

「地」には、土や土地、国や場所の意味の他に、地位など身分、素地や下地などの意もあり、地蔵など地の神の意も含んでいます。

そして地蔵は、サンスクリット語では「大地の子宮」を意味していて、大地がたとえ裸に見えても、さまざまなものを生み出す力を秘めているのと同様に、地蔵が、その姿は菩薩でも仏としての豊かな可能性を秘めている象徴だとしました（『地蔵菩薩本願経』によれば、まず衆生を悟らせてから自らも悟ろうとするのが菩薩で、自らが悟ってから衆生を救おうと考えるのが如来だといいます）。

わが国では、罪深い人間が地獄に落ちたときの苦しみを代わり受けてくれるのがお地蔵様とされて、平安時代の後期から広く民間に信仰が広まり、鎌倉から室町時代には、さまざまな身代わり地蔵の説話も生まれたのです。

それにしても「大地の子宮」とは、言いえて妙です。母なる大地とも言いますよね。地とは地球そのもの、生きとし生けるものの命の源泉にほかなりません。地に臥して深い感謝を捧げてこそ当然で、足蹴にするなど、もっての外の所業と断言できそうです。

天の声より、大地の声に耳を澄ませる時代です。温泉も大地のあたたかい恵みです。

話のくずかご 14 1994.7

顔

「見たことも、お会いしたこともありません。したがって、そのようなお尋ねには、まともにお答えすることができません。責任を負えとおっしゃられても、全く、身に覚えがございません」

こう書くと、ああ、ゼネコン汚職ね。え、違った。じゃ佐川疑惑？　と敏感な反応を示す人は、間違いなく健全な日本の良識派だ。

実は、これは、自分の顔と、背中の話。

四〇歳を過ぎた人間は、自分の顔に責任を持たねばならぬ、と言い放ったのはリンカーン。子供は親の背中をみて育つ、はよく聞く俗諺だ。

しかし、よく考えてみると、人間は自分の「本当の」顔と、生涯、相対することはない。鏡の中の顔は「かりそめ」の写し絵だ。そして自分の後姿を、つくづくと眺めることも不可能だ。写真や映像に残されたものは、単なる記録でしかあり得ない。

だが、我身のことは別にして、あらためてまわりを見直してみると、顔は履歴書、名刺代わりと合点できる例も多い。キケロは「顔は精神の門にして、その肖像」と言い、『若草物語』を書いたアメリカの作家オルコットは「顔は彼のもっている徳の一部」と書いている。顔は、心の鏡、でもあれば、生まれついての童顔が、もめごとの調停役にピッタリ、という場合もあったりするわけだ。

感情をあまり表面に見せぬと、冷たい、ポーカーフェイス、能面みたい、と嫌われるし、むき出しにすればしたで、短気、直情、おっかない、と敬遠される。顔は、ほとほと扱いにくい。

顔が自分の物であって、自分の物でない二面性を、フランスの詩人ヴァレリーは「われわれの顔は他人に対すると同様に、われわれにとっても他人であることに注意しよう」とも「人間は他人の眼から最も入念に隠すべきものを、人々の眼に曝して顧みない」とも指摘している。

「ウソついてもダメ。顔にちゃーんと書いてある」「あのとき、お前、いい顔してたなあ」「あんたのビックリした顔ったらなかった」など、人に指摘された経験は誰もが持っている。

他人の眼に映る顔が、自分の顔。相手の眼を濾過して、自分の顔が見えてくるという、この不条理さ。厄介なものを、私たちは身体の上に乗っけて生きていることになる。

背中も同様だ。

「後姿、オヤジそっくりになってきたなあ」「あのときの、あなたの寂しそうな後姿ったらなかった」「パパの背中、あんなに頼もしく感じたことはなかった」など、まったく無防備な背中にも、他人の視線は、情け容赦もなく、突き刺さってくる。剣の達人、無敵のガンマンに、所詮縁遠い我々凡人は、背後からの敵に、あえなく討ちとられる悲運にいつも見舞われる。

自分の身体の一部でありながら、自らの眼で確かめることが叶わぬところに、一番、決定的瞬間における、その人柄が表出されやすいというのは興味深いことだ。

鏡の好きな人がいる。暇さえあれば鏡とにらめっこしてる人がいる。あれは、どうも、絶えず鏡の中の自分を見つめ直して、自らの人格や精神に、一層磨きをかけるための修行ではなさそうである。ちなみに、脂汗をかきつつ苦しんでいる人には、ついぞ、お目にかかったことがない。

アップに耐える顔、というのに稀にお目にかかることもあるが、私には、とても鏡の中の自分の顔を直視できない。まして、どアップなどにされたら、ガマの油じゃないが、あまりの精神の貧困と醜さに、発狂してしまうにちがいない。

シワだらけ、化粧っ気まるでなしながら、実にいい顔というのがあるものだ。風雪を越えてきて、自然に刻み込まれた年輪の重み。野に立つ地蔵を思わせるぬくもり。そんな顔に出会うと、逃げたりしないで、労苦は厭わず、こつこつ、シワをふやしていくか、と自省することしきりだ。

一〇年後の自分の顔に出会ってみたい、と思ったら、京都嵯峨の天台宗・愛宕(おたぎ)念仏寺の石造千二百羅漢を眺めに行かれることを勧めたい。こんな風に年輪を重ねられたらと願う羅漢さんが、じっと佇んでいたりする。

「普通」が少なくなりました。「普通」でいることの難しい時代になりました。

各駅停車の汽車を「鈍行」と呼び、少し小馬鹿にしながらもよく利用した普通列車が、めっきり少なくなりました。当時、少し偉くなったような気分で乗った「急行」、特別な身分になったようで顔付きまでよそゆきを気取った「特急」。出張でも課長クラスは急行、社長・重役クラスが特急と規定していた会社もあったほど。今じゃ走っているのは特急ばかり。急行を探していたら予定が立たず、普通はますます遅れるばかり。

等級が廃止されて二級酒もなくなりました。代わりに値段が上がって、辛党には文字通りツライ毎晩です。本当に美味しい酒は地酒や二級酒にこそあった、なにが吟醸・特級だい、と酔ってクダまく愛飲家もいます。

寿司は子どもの一番好きな食べ物に昇格したようです。でも、景気よく「サ、いらっしゃい、なんにします。松・竹・梅に特上、並もありますが」とたたみかけられると、つい気弱な見栄っ張りのお父さんは、とてものことに並とは言えなくて、「と、と、特上」と、ついウワずり、吃ったりまでしてしまいます。並に徹するには、勇気と決断が求められるのです。

情報が氾濫すればするほど、差別化に拍車がかかります。平々凡々はニュースになりません。普通では取り残されます。情報の送り手も、鵜の目鷹の目で目先の変わった情報を追い続け、情報に振り回されて、視野狭窄症に落ち込んでしまいます。グルメ番組などで、ときどき取材拒否の店を見かけますが、秘湯がたちまち普通の温泉に変わっていくのを目にするにつけ、それも正当防衛かなと考えたり。

確かな自分の目を養うのが一番です。

（一九九四年七月・万華鏡）

其の三

雑学歳事記・今は昔

今は昔
01
1994.7

雪献上

今年は、どんな夏になるのでしょうか。水不足で稲作が心配な地方もあるようです。

「いやね、梅雨は。うっとうしくって」

「暑くて、やーね」

普段、なにげなく私たちが交わすやりとりですが、梅雨どきには、やっぱり雨が降り、夏はそれなりに暑いのが、自然の摂理。あの春先の米騒動を思うにつけ、身勝手ばかり言うと、きついお灸を据えられそうです。

それにしても、生産・流通・保存の技術が進んだお蔭で、食卓の季節感が、ずいぶん希薄になった気がします。いつでも食べられるのは嬉しいことですが、新鮮な驚きや有難みがうすれたのも確かです。

おいしい水へのこだわりで、御中元に名水セットも登場するご時世ですが、いまどき、六～七センチ四方の氷を贈られて嬉しがるご家庭はありますまい。

江戸の昔、富士山麓の宮山では、前夜から切り出した三尺四方の富士の氷を、六月一日に静岡の駿府城へ献上するのが慣例でした。これが江戸城に贈り届けられた時には、どんなに急いでも二寸四方ぐらいに融けていたといいます。それでも庶民には、とても望めぬ貴重な献上品として喜ばれたに違いありません。クール宅急便は、考えようでは、スゴイ流通カクメイなのかも知れませんヨ。

その点では、さすが、加賀百万石・前田の殿様です。発想の転換です。

前田家がやはり旧暦の六月一日に行った将軍家への雪献上は、つとに有名で、雪の六花、前田家の梅鉢の紋の五花をよみこんで、

六つの花　五つの花の　御献上

と川柳にもあるほど。最初は国元から加賀の雪をびっしり詰め込んで献上しましたが、どんなに急いで運んでも、融けかたが、どうにも激しい。しからば、ごめんというわけで、本郷は駒込の江戸屋敷に氷室を作り、冬の間にしこたま運び込んだのを、六月一日を期して献上することにしました。そこで川柳。

夏物を　冬から仕込む　御大禄

梅の室　から雪の出る　暑いこと

夏の甲子園名物・かちわり。当時の江戸っ子が眺めたら、こいつは豪気だ、と目を丸くする光景でしょう。

そして、もしまた、お宅の冷蔵庫を覗いたとしたら、こいつぁびっくり箱だぜ、玉手箱だぜ、と、たちまち江戸中で評判の見世物になって、長い行列の絶えることはないと思うのです。

そんな宝石箱とも知らず、子供たちは外から帰るとすぐに、冷蔵庫の扉に飛びつき、なんかないのと叫びつつアイスクリームをつかみ出し、お父さんは、暑い、疲れたと言いながらビールをひっぱり出すのです。

慣れて、当たり前に考えてますが、実は大変な技術進歩の恩恵に、日々、私たちは浴しているのです。

今は昔
02
2000.10

蚊帳

長靴の　中で一ぴき　蚊が暮らし　豆秋

叩かれて　昼の蚊を吐く　木魚かな　夏目漱石

こんなスットボケた蚊ばかりなら少しは愛嬌もありますね。蚊いぶしの必要もなさそう。ペット扱いはできかねますが、見て見ぬふりの住み分けぐらいはできそうです。

摩周湖の　神秘なる蚊に　喰われけり　稲畑汀子

場所によっては、蚊もこんなふうに由緒正しき生きものに昇格しますが、それこそ人間さまの身勝手な負け惜しみで、蚊にとっては風景に魂を抜かれ、夢見心地の観光客は、

鼻唄で　蚊は食遊を　してあるき

の吸血三昧。しかも神秘性までつけ加えてくれて、蚊冥利に尽きるぜ、ありがとさんよ、とハシャギ廻ってるかも知れません。

しかし、そんなに恵まれた境遇の蚊なんて、現実にはごくマレ。たった一匹の蚊にも、昔から私たちは随分と悩まされ、うっとうしい思いをさせられてきました。

「**夏の夜は　まくらをわたる　蚊の声の　わずかにだにも　いこそ寝られね**」と藤原良経はグチっぽく嘆いていますが、清少納言はもっとキッパリ。

「眠（ねぶ）たしと思ひて臥したるに、蚊の細声にわびしげに名乗りて、顔のもとに飛びありく、羽風さへその身のほどにあるこそ、いとにくけれ」と断罪してはばかりません。

いっぴきの　蚊の執念を　憎みけり　岸風三楼

蚊が一つ　まっすぐ耳へ　来つつあり　篠原梵

血を分けし　身とは思はず　蚊の憎さ　丈草

酔ひがさめると赤い蚊が飛ぶ　武玉川

それにしても、人のスキに巧みにつけ込んで食らいつくすばしっこさと身の軽さには、いつも大の男でも地団太踏む思いをさせられます。

じっとして　いなと額の　蚊を殺し　柳多留

刺した蚊の　かわりにささぬ　蚊が打たれ　石崎健三

忍ぶ夜の　蚊はたたかれて　そっと死に

と、あっさり人の手にかかって極楽往生してくれる蚊にめぐりあえたら、ほんとラッキー。今日はなんかいいことがありそうだな、とひとりでニンマリしてしまいます。

詩的な世界に程遠くても、蚊も一匹二匹ならば俳諧の素材にもなりましょうが、アマゾン、アラスカ、シベリア、カナダの原野に発生する蚊の大群は、まさにホラー・ワールドそのもの。

アマゾンでは人間と見るや、たちまち数千匹もの蚊が群がり寄って、蚊柱の大入道ができ上るといいます。たまらず人が急いで逃げ出すと、中心に小さな人間の形をした空洞を残したままの蚊柱が、後を追っかけて移動してくるそうです。

カナダでは蚊に刺し殺されたカリブーを見かけることがあるとか。あまりのすさまじさに、とうとう発狂した人もいたそうです。

こうした地域では肌を露出することができぬため、トイレが一苦労。川の中で用をすませたり、スプレーをまき散らし、お尻をパンパンとはたきながら、ソソクサとすませるテクニックが必要とか。
こんな非常事態下では、どんなに「ぜひぜひ、宗匠、ここで一句を」と懇望されようとも、

お前待ち待ち蚊に喰われ

なんてノンキなこと言ってたら、たちまち目、鼻、耳、口の中にまで蚊の猛襲を受けて絶句するのがオチです。

蚊ばしらの　際(きわ)ほのぼのと　三日(みか)の月　牧童

軒の端(は)に　立てる蚊ばしら　水打てば
松の木ぬれに　たち移るかも　伊藤三千夫

こうした風景は、あくまでも日本の夏の風雅な世界のことといえそうです。
日本の風景といえば、今でも蚊帳を吊る家庭は、まず絶無に近いのではないでしょうか。住居の構造も家族構成、生活スタイルも大きく様変りして、蚊帳ってなあに？　そんなの見たことも聞いたこともないという人が六〜七割にはなるんじゃないんでしょうか。

そのあたり　片づけて吊る　蚊帳哉(かちょう)　永井荷風
蚊帳釣った　夜はめずらしく　子が遊び
一夜二夜　蚊帳めずらしき　匂かな　春武
かや釣れば　座敷の内も　廻り道　武玉川

あるある、こんな体験。ほんとにこの通りだったと実感できる人は、もう六〇才以上の年代に限られるような気がします。

釣りそめて　蚊屋面白き　月夜かな　言水
蚊屋の内に　ほたる放して　あゝ楽(たのし)や　蕪村
灯(ともしび)に　書(ふみ)のおぼろや　蚊屋の中　召波

人それぞれに蚊帳の風情を楽しむ術を心得ていたものです。

蚊帳つりて　喰ひに出るなり　夕茶漬　一茶

濡れ髪を　蚊帳くぐるとき　低くする　橋本多佳子

蚊がまぎれこまないように、蚊帳に入るにもコツとタイミングがありました。うちわは必需品。涼をとるにも蚊を追うのにも。こんな暮らしも秋風が立つ頃に、そろそろ終りをむかえます。

蚊帳の穴　むすびむすびて　九月哉　永井荷風

蚊帳のある風景が、この先日本で見られなくなるのは止むをえないとして、今一番の私の気がかりは蚊取線香の命運です。クサイ、ケムイ、アブナイと敬遠されて、最近は各種の電気蚊とりや殺虫・虫除け剤にすっかりお株を奪われつつあります。

あの香りをかぎ、部屋の中をゆったり漂う煙の行方をぼんやり眺めているだけで、不思議と気分もやわらいで、ふくよかな心地になれる私などは、もう絶滅が近い人種に数えられるのかも知れません。

雑学歳時記
01
1993.10

一休和尚

頓智ばなしの一休さん、やがて生誕六〇〇年です。この高名な禅僧の実像は、まこと「波瀾万丈」と表現してもよさそうです。

天皇の隠し子（後小松天皇の落胤（らくいん））としてこの世に生をうけ、晩年には盲目の美女・森侍者（しんじしゃ）を愛して、七八歳の時、初めて彼女と契りを交わした記念の掛軸というのが残されています。

天衣無縫。自ら「昨日は俗人、今日は僧」と言い、悟りに〝こだわる〟心から解脱した精神の自由を、終生、貫き通しました。

一休の道号は、師の宗為から与えられたものですが、それには煩悩と悟りのはざまで「ひとやすみ」するという意味が籠められていたといいます。名が生きざまと一対になった好例かもしれません。

一休禅師は二七歳の夜に湖上を渡るカラスの声を聞いて、忽然と悟りを得たと伝えられています。堺の町に居住した時は、いつもボロ衣をまとい、木刀を携え、尺八を吹きながら歩いたことで知られます。木刀には特別な寓意がこめられていました。

当時の五山禅をはじめ、同じ大徳寺派の禅僧の多くが権勢におもねり、名誉や栄達を願う安逸な生活に流されていました。見た目は禅家でも人目をたぶらかす偽坊主だ。傍目には真剣のように見えても、ただの木刀と同じよ、という一休独特の痛烈な皮肉です。

反骨、洒脱、天衣無縫、清貧、枯淡、純真、風狂など、一休を評する言葉は多様ですが、分けへだてのない人間味溢れる庶民禅が、多くの人の共感を得たことは疑いようもありません。

古代ギリシャに、「樽の中の哲人」といわれたシノペのヂオゲネスがいます。彼は鼠が駆け回っているのを見て悟ったといいます。鼠は特別のベッドを求めない、暗闇も恐れず美味も求めない。それが人間の道であってもよかろうと無欲で簡素、世間の規範にとらわれぬ自由、闊達な生涯を送りました。

白昼、町中をランプをかかげて歩いたことで有名です。「人間はいないか。人間の名に値する有徳の人はいないか」という、俗塵にまみれた有識者・知識人に対するデモンストレーションでもあったわけです。無作法で傲慢なところもありましたが、シノペの町の人達は、好意をもって彼を見守っていたようです。

一休とヂオゲネス。時代と国こそ違え、共通する生き方を読みとることができそうです。カラスの声を聞いて大悟した一休。ヂオゲネスの鼠と同様、案外、簡単な連想で「なにをクヨクヨ、アホー、アホー。こだわり捨てよ呵ぁ呵ぁ大笑」とカラスに諭されたのが真相だったりしたかもしれませんよね。

自ら「狂雲」と号し、各地を雲遊し、世の中は起きて食らうて働きて、あとは死ぬるばかりぞ。成仏は宗派によらず心による、と語っていた。

雑学歳時記 02 1994.4

ホタル

あっちの水は苦い、こっちの水は甘い、とホタルを呼ぶ童謡。水質の良否が、ホタルの成育と密接に関係することを、やさしい言葉で端的に言いあてています。

ホタルは、水質だけでなく、川をめぐる周辺の自然環境が、人間にもきわめて好ましい状態に保たれていることを示す指標生物です。小魚やミズスマシが泳ぎ、カワニナや田螺が住み、川辺は砂まじりの土で、草むらも生い茂り、雑木も水面に涼しい影を落としている。稲田は青く光り、小川の底をドジョウが走る。昔は、どこでも見ることができた、ありふれた風景です。ゲンジボタルはやや川の上流を生息地としますが、ヘイケボタルはそれこそ人間と共存共栄の人里の生物。ホタル舞う里の表現がぴったりです。

当たり前だった景色が消えて、「螢狩り」の言葉も、そのうち、死語になりそう。一斉にホタルの乱舞する「螢合戦」に出会えたら、その僥倖を天に感謝してもよさそうです。

ホタルを集めて絹の袋に入れ、その光りで本を読んだ晋の車胤は、灯油も買えないほどに貧しかったそうですが、現在それができる人は、すごい金持ちの趣味人だけということになりましょうか。実際に、ホタル何匹で新聞が読めるかを試した人によれば、一〇〇〇匹の螢籠が二つ必要だったとか。停電してロウソクやマッチを探したりする程度ならば、二〇〇匹で用が足せたとか。

それにつけても昔の中国には随分とホタルがいたことになります。ホタル二〇日にセミ三日の諺もある通り、ホタルの寿命は平均して二〇日。車胤の夜学も、なに、一夜づけならぬ、せいぜい二〇日づけだったんですよ、きっと。おまけにホタルって、光ったり消えたりしますでしょ。絶対、乱視になりますよ。螢光灯にしなさいって！

日本には、ホタル商人、ホタル問屋、ホタル売りの華やかな時代がありました。

記録では、一口一〇万匹の大口注文を受けた問屋が、七〇人の捕獲専門業者でも間に合わず地域の老若男女を総動員して調達した、という話や、坂口という業者が五〇万匹の注文に、三人の同業者の応援を得て、やっと間に合わせた話が残っています。

螢の受難の時代です。

明治三三年頃のホタル商人は、毎晩、一人が二〇〇〇匹前後を商ったと言われます。値段が三〇〇匹で五銭、下請けの子供たちの稼ぎは一〇〇匹一銭。当時の米の値段は一升が四~五銭でした。

こうして買い取られたホタルの行き先は、京阪神が最も多く、遠くは北海道、朝鮮などへも。昭和七年、満州にも一〇万匹が送られた記録があります。縁日やデパート、ダンスホールの賑わい、市町村の観光誘致などが目的でした。ホタルの天敵は蜘蛛と言いますが、こんな記録を目にしていると、人間こそ最強の天敵だった、の印象が拭えません。

四季を通じて、街中で、切ない光を明滅させているのは、ホタル族です。

雑学歳時記 03 1994.7

朝湯

ふらり気儘な旅の朝。朝風呂でのびやかに五体をほぐし、ビールでゆったりノドを潤したあと、朝食の膳に向かう。味噌汁が五臓六腑にしみわたる。

朝寝、朝酒、朝湯って、つくづく、いいなと思う。が、それも、忙しく、屈託の多い日常から抜け出した、たまさか故の至福感。よほど多趣味・多芸でないかぎり、毎日が小原庄助を許されても、現代人は、退屈のあまり、ボケるか、自殺するしかなかろう。

銭湯は激減し、朝湯も稀にしか立たなくなった。

中畑貴士・編『万能川柳』の

銭湯で　旧友曰く「生きてたか」

には、苦くて、寂しい笑いの実感がある。

いっとき、若者の朝シャンが評判で、サラリーマン川柳にも、

朝シャンを　まねて中年　風邪をひき

朝シャンを　したと自慢の　ハゲアタマ

と皮肉られる、涙ぐましくも健気なオジサンも登場した。まずは、当世朝湯もどき、とでも言おうか。寝ぼけマナコはパッチリしようが、朝湯の伸びやかさはない。

江戸時代の川柳にみる朝湯には、色絡みのものが多い。

嫁が来て　息子朝湯へ　行初め

朝がへり　よくあらやれと　風呂でいい

湯へ行けと　女房むしょうに　きたながり

内の戸が　あかぬと湯屋の　戸をたたき

しっぽりと濡れたにせよ、あられもなく乱れたにせよ、朝湯は房事のあとのお楽しみでもあったと言えそうだ。

現代の日本のお父さんたちも、たまには朝帰りをする。しかし、サラリーマン川柳の、

「早いね」と　声をかけられ　朝帰り

朝帰り　学校休むなと　子に言えず

は、色絡みというよりは、過労死すれすれの仕事上がりとみたほうがいい。

たまに遊びほうけての朝帰りになっても、平成のお父さんたちは、ションボリしてる。

朝帰り　女房実家へ　朝帰り

もっとも、これとても「仕事だ、つきあいだって、一体、会社と私とどっちが大事」の葛藤の果て、と読めないこともない。

ニッポンのお父さんたちが、呑気に朝湯を楽しむことができなくなって久しい。一番風呂の特権も、もはや伝説。お父さんを待ってたら、誰もお風呂に入れない、は家族の暗黙の了解事項。今や終い湯がお父さんの常識。ついでにお掃除もしておいて、と三助の役目も仰せつかって、ほんと大変。

抜いては嫌と三助の手をおさえ

なんて、そんな時代があったのが夢のよう。

月があがって仕舞湯へ嫁一寸

こんなたしなみもなんのその、堂々と野天風呂に飛び込む女丈夫を、たまにみかける近頃だ。

雑学歳時記 04 1994.10

珍記録

なんだっていい、どんなことだってかまわない。とにかく、一番。世界一になってやろうと、とんでもないことを考えつく人が世の中にはいるものです。

世界記録もさまざまですが、ギネスブックには、あまり真似したくはない、どう間違っても挑戦する気にはなれない世界一も、いくつか記載されています。

フランスはグルノーブルのミシェル・ロティトさん。彼が一九六六年から、これまでに食べた自転車は一〇台、スーパーマーケットの手押し車一台、テレビ七台、シャンデリア六個、セスナ機一機、コンピュータも一台。会席料理風にせよ、フランス料理仕立てにせよ、とても私たちのグルメ嗜好とは縁遠い素材ですが、こんな人がたくさんいたら、粗大ゴミも少しは減るかもしれません。

年の瀬に不景気が重なると、物騒な事件が頻発します。そんな時役立つというわけでもないのでしょうが、悲鳴の最高記録は、オーストラリアのサイモン・ロビンソンさん。最高一二八デシベルなのだそうです。非常ベルも顔負けです。

インドのスワーミ・モージリ・マハラジさんは、一九五五年から一七年間、立ちっ放しの苦行を続けました。眠る時は、立て掛けた板に寄り掛かって過ごしたそうです。自らに課した修行だったそうですが、どんな願を掛けていたのでしょうか。デクノボーになりたかったのかもしれません。

同じ立ち続けでも、片足で世界一に挑戦したのはギリシュ・シャルマさん。一九九二年一〇月二日から五五時間三五分、頑張り抜きました。この場合は、上げているほうの足を、もう一方の足に絡めて休ませたり、支えやバランスをとるものを一切使ってはいけないのがルール。鶴がみたら、なんて物好きなと思ったことでしょうね。


いわゆる記録づくり、話題づくりのためだけのイベントが、日本人は好きなようです。

一種の村おこしで、最長の巻寿司（新潟県西川町）、ジャンボ鉄火巻（宮城県気仙沼）、最大のあなご巻寿司（三重県鈴鹿市）、ジャンボみたらしだんご（岐阜県小板町）、最大の豆腐（熊本県南小国町）、最長の竹輪（山口県長門市）などなど、枚挙にいとまがありません。最も長い流しそうめん（神戸市東灘区）なんてのもあって、一番尻尾の席についた人は、とんだ貧乏籤で、満足できるまで食べようとしたら、半日はかかりそうです。

エスカレーターにじっと乗っかってるのももどかしげに、どんどん追い抜いていく人をよく見掛けますが、そのエスカレーターの昇りと下りを使い昇降を繰り返すこと七〇三二往復。延べ二一四・三四キロを歩いたのは、イギリスのデビッド・ビーティ、エイドリアン・サイモンズの御両人。五日間を要したそうですが、そのためにエスカレーターを動かし続けたお店も、御苦労なことだと思いませんか。

ひょっとしてエイリアン？　と感嘆するのはハロルド・ウィリアムズ博士。最終的に五八の言語・方言に通じ、かつて国際連盟の会議に出席した時は、すべての国の代表と、その国の言葉で話を交わしたそうです。駅前留学ノバとかで、やっとアイ・ラブ・ユーが言えたと有頂天になるなんて、ほんと馬鹿みたい。

鳥の中にも、言葉の達人（？）はいました。イギリスのリン・ローグ夫人の飼っていたメスの鸚鵡・プードルちゃんは八〇〇語近くの単語を記憶していた、といいます。もちろん英語ですゾ。鳥も偉いが、教え込んだ人の根気もエライ。

偉業もいろいろですが、努力と忍耐の項目には、二七回結婚した人、八二歳で結婚するまで六七年間の婚約期間があった人、結婚生活が八六年に及んだ人、一家の中で一〇組も金婚式を迎えた例など、人生さまざまです。

六九人もの子供に恵まれた（？）母、には言葉もありません。二七回の出産で、一六組の双子、七組の三つ子、四組の四つ子だったとか。現存する最も子沢山の母親は、チリのレオンティナ・アルビーナさん。五五人が生まれて今も四〇人が健在だそうです。経済的にも大変だが、どんな家に住んだんだろう、とウサギ小屋、一人っ子がせいぜいの我等日本人は、つい、余計な心配までしてしまうのです。

ヨッシャャー!!
やったぜいアベちゃん!
ラーメン食べログ四万軒
全国制覇
しましたー
!!
（2011年現在）

下請けの
ずーと下請けのレオナルド
クマさん

ナニィー
オレなんか
フクシマ汚染水をだな
100ミリシーベルトの
中をだなァ 大丈夫だって
いうからさ
トリチウムをだな
ペットボトルにつめかえて
毎日海へタレ流して
アベちゃんに貢献したんだ
そりゃーおめえ てーへんな
アンダーコントロールよ

この不況時
火に油を注ぐ無謀な
「一億総活躍」にこたえた
ヤケクソの記録が
生まれております

雑学歳時記 05 1997.9

月

あの月を　とってくれろと　泣く子かな

小林一茶の感興を誘った、こんな無邪気な詩心ある子は、もう絶滅寸前でしょう。子は親の鏡です。月夜の月見てたかてオナカいっぱいにならへんで。月夜のカニがええお手本や。きばって稼ぎや、の即物的で現実的な社会の反映です。

「上を向いて歩こう」がアメリカでは「スキヤキ・ソング」と題が変えられたのも、先見の明があったと言えそうです。しみじみと夜空を見上げ、月を愛でる風流心も、それでナンボのもんじゃい、と決めつけられたら、一言もなく下を向いて唇を噛みしめるばかり。せいぜい腹の中で「月夜の晩ばかりと思うな」と毒づくか「ああイヤだ、イヤだ。こんな世界から早く抜け出して、お姫様とふたり、ラクダの背にゆられ、月夜の砂漠をどこまでも流れていきたい」と、ますますアホな妄想にとりつかれるか、どっちにしてもイジケた暗い怨念にまみれた泣き言しか出てきそうにもありません。とはいえ、お月さまに、なんのトガも責任もありません。心変わりし、冷淡になったのは人間側の勝手です。月は定められた軌道を描きながら、常に変わらぬ光を、メッセージを、私たちに送り続けているのです。

どんどん空を狭くし、大気を汚染し、ますます足早に、余裕を捨てて、月を無視するようになったのも、みんな私たちの心変わりのせいなのです。

名月や　池をめぐりて　夜もすがら　芭蕉
真っ向に　名月照れり　何はじまる　西東三鬼
こんなよい　月を一人で　見て寝る　尾崎放哉

月とこんな風にして向き合った人がたくさんいたのです。

晴れた日ばかりとは限りません。雨の日もあって当たり前。そんな場合にも「雨の月・雨名月（あめめいげつ）・雨月（うげつ）・月の雨」などと言って、名月を惜しむ心の豊かさを持ち合わせてもいたのです。

傘の端の　ほのかに白し　雨の月　正岡子規
枝豆を　喰えば雨月の　情あり　高浜虚子

陰暦八月十五日の中秋の名月に対し、七月十五日の月を盆の月、九月十三日の月を「後（のち）の月・名残の月・十三夜・女名月（おんな）・栗名月」などとも言って、月と親しんで飽きませんでした。

灯を消せば　炉に火色あり　後の月　小杉余子
一本の　竹のみだれや　十三夜　中村汀女

満月の夜ばかりでなく、人は毎晩のように月を楽しんだものです。陰暦十七日の月は立待月（たちまちづき）。十六夜より月の出は遅くなるけど、立って待っている間にも出てくるから。陰暦十八日の月は居待月（いまちづき）。座って待たなくてはならないから。そして十九日の月が臥（ふし）待月（まちづき）。夜更けてからの月の出を寝ころんで待っていなくてはならないから。

立待月　噺（はな）すほどなく　さし亘（わた）り　阿波野青畝
居待月　芙蓉はすでに　眠りけり　安住　敦

夜更けどころか夜明けまで、人は月の行方を気にかけていました。有明月（ありあけづき）・朝月夜（つきよ）・明（あけ）の月・残る月などの名で。

猪の　寝に行くかたや　明の月

は去来の句。

世知辛くて不景気で、四六時中、携帯電話でツケ回される現代の仕事人には、想像も出来ない別世界の景色になってしまったようです。

恋人を待ち通した明け方の月、共に一夜を明かした恋人たちの別れの朝の月、と有明の月は愛のゆくえとも無縁ではなかったのですが、現代の恋人たちには見向きもされないことでしょう。三日月は「月の眉・眉月（まゆづき）・眉書月（まゆかきづき）」など、女性の眉の形になぞらえて呼ばれるほかに「新月・若月・繊月（せんげつ）・月の剣（つるぎ）」などとも言われます。さて、安室奈美恵の眉は、どんなでしたっけ？

三日月の　かけたることの　とにかくに
多かる身とは　など生まれけん　藤原光俊

結婚しない若者が増えているようです。そこで佐藤春夫の歌。

ひとりものかや二十日月
海の夜明けに残りたる

月はいつも
人間の
隣りに
いたのさ
見上げた
もんだね

バイバイ！スマホ

月が
ともだちって
かっこいいねぇ

ずっと下向いて
見てたら
遠くのもんが
かすむんですが
老眼ですか？

虚像と実像

岡目八目

1999.1

皇室に露天風呂はあまりに縁遠いが、今回、図らずも、改めて皇后の人格形成の道のり、精神世界のありようを垣間見る機会に出会うことになりました。

第二六回国際児童図書評議会世界大会での基調講演「子供時代の読書の思い出」。自ら執筆、英訳もして、ニューデリー大会でビデオ放映されました。たとえば人格形成の道筋について、こう語られています。

「生まれて以来、人は自分と周囲との間に、一つ一つ橋をかけ、人とも、物ともつながりを深め、それを自分の世界として生きています。この橋がかからなかったり、かけても橋として機能を果たさなかったり、時として橋をかける意志を失った時、人は孤立し、平和を失います。この橋は外に向かうだけでなく、内にも向かい、自分と自分自身との間にも絶えずかけ続けられ、本当の自分を発見し、自己の確立をうながしていくように思います」。そして戦争中の度重なる疎開生活による生活環境の変化が「子供には負担であり、私は時に周囲との関係に不安を覚えたり、なかなか折り合いのつかない自分自身との関係に、疲れてしまったりしていたことを覚えています。そのような時、何冊かの本が身近にあったことが、どんなに自分を楽しませ、励まし、個々の問題を解かないまでも、自分を歩き続けさせてくれたか」と述べ、幾冊かの本との出会いに触れながら、まず、悲しみから語り起こされているのが印象的です。

自分の背中の殻に悲しみが一杯詰まっていることに、ある日突然気づいたでんでん虫が、もう生きて行けないと何人もの友達を訪ね歩くうちに、誰もが悲しみを一杯かかえているのだ、自分だけではない、私は自分の悲しみをこらえていかなければいけないのだと悟って、嘆くのをやめる新美南吉の童話を最初に紹介し、それが幾度となく、思いがけない時に記憶に甦った心の内を披瀝されています。

さらに神話や伝説、民話については「それぞれの国や地域の人々が、どのような自然観や生死観を持っていたか、何を尊び、何を恐れたか、どのような想像力を持っていたか等が、うっすらとですが感じられ、私が異国を知ろうとする時に、何よりもまず、その国の物語を知りたいと思うきっかけ」になったと感想を述べています。

そして神話のなかの「いけにえ」に因んだ愛と犠牲の不可分性、数々の外国の作品によって教えられた人生の不条理と同時に、詩が与える喜びと高揚などに触れたあと、子供時代の読書について、こう結んでいます。

「それはある時には私に根っこを与え、ある時には翼をくれました。この根っこと翼は、私が外に、内に、橋をかけ、自分の世界を少しずつ広げて育っていくときに、大きな助けとなってくれました。読書は私に、悲しみや喜びにつき、思い巡らす機会を与えてくれました。本の中には、さまざまな悲しみが描かれており、私が、自分以外の人がどれほどに深くものを感じ、どれだけ多く傷ついているかを気づかされたのは、本を読むことによってでした。

自分とは比較にならぬ多くの苦しみ、悲しみを経ている子供達の存在を思いますと、私は、自分の恵まれ、保護されていた子供時代に、なお悲しみはあったということを控えるべきかもしれません。しかしどのような生にも悲しみはあり、一人一人の子供の涙には、それなりの重さがあります。私が、自分の小さな悲しみの中で、本の中に喜びを見出せたことは恩恵でした。（中略）悲しみの多いこの世を子供が生き続けるためには、悲しみに耐える心が養われると共に、喜びを敏感に感じとる心、また、喜びに向かって延びようとする心が養われることが大切だと思います。

　そして最後にもう一つ、本への感謝をこめてつけ加えます。読書は、人生の全てが、決して単純でないことを教えてくれました。私たちは、複雑さに耐えて生きていかなければならないということ。人と人との関係においても。国と国との関係においても」。

　講演は、本と子供を結ぶ仕事すべてに関わる人々への、次のような熱いメッセージで終わっています。

「子供達が、自分の中に、しっかりとした根を持つために

子供達が、喜びと想像の強い翼を持つために

子供達が、痛みを伴う愛を知るために

そして、子供達が人生の複雑さに耐え、それぞれに与えられた人生を受け入れて生き、やがて一人一人、私共全てのふるさとであるこの地球で、平和の道具となっていくために」。

　テニスコートの恋、プリンセス美智子以来、マスコミが作り上げた皇后像はあくまでも上っ面だけをなぞった虚像と言ってもよさそうです。

其の四　話のくずかご

1994〜2001

話のくずかご 15
1994.10

遺産

　九月十四日、文化庁は、世界的な文化財などを保護するための「世界遺産条約」の登録・候補として、岐阜県・白川郷、富山県・五箇山の「合掌造り集落」を推薦した。

　日本がこれまでに推薦したのは、文化遺産では法隆寺・姫路城・京都古都の文化財。自然遺産では白神山地と屋久島。

　かつては、ひとつ屋根の下で、絶対の権限を持つ家長を中心に、三〇〜四〇人もが共同生活をする大家族制の象徴とも見られた切妻合掌造り。雪深い山間の秘境に、その特異なたたずまいを見た時、人は一種の威圧感と同時に、不思議な郷愁と感動を覚えた。

　大家族とはいえ、配偶者と同居できるのは家長と相続人の長男に限られた。次・三男以下、姉妹らは、生涯、分家もかなわず、配偶者と同居することもできなかった。すべてが生家にとどめられる。当然、長男以外は通い婚しかなく、生まれた子は女性側の家で育てるのが慣習だった。従って、いとこ、いとこちがい、またいとこなどが、同じ家族の構成員という、現在ではありそうもない事例も見られた。

　御母衣ダムの建設以来、開発も進み、スーパー林道も貫通して、最近は観光客の姿も多い。しかし、倶利伽羅峠の合戦で木曽義仲に敗れた平家の落人伝説も残る山深い里には、その昔、養蚕と焼畑耕作以外、これといった生業はありえなかった。

耕せる土地は少ない。養蚕には、ひとりでも多く女の手が欲しい。大家族制は、閉塞され、限定された自然と社会環境の中で生き延びるための、やむをえぬ選択の結果であり、生活の知恵だった、のかも知れない。

今回の世界遺産への推薦は、周囲の自然環境も加味した、他にあまり類のない伝統的建造物群としてであって、その成り立ちや大家族制は、もちろん考慮の外である。

推薦された八八棟の大半は、江戸末期から明治にかけて建造されたものだが、旧遠山家など、一七世紀の住居もある。よくぞ風雪に耐えて、と「築二〇〜三〇年」であちこちに綻びの出てくる最近のマンション造りとは比較しようもない、古人の知識と技術には驚嘆する。

先人の奥深い知恵と磨き抜かれた技術については、法隆寺の棟梁・西岡常一さんもたびたび指摘している。

樹齢千年の檜は、建材としても千年以上の寿命を全うできるよう、木のいのち、木のこころを知り尽くした絶妙の使い方を、いにしえの匠は心得ていた、という。

その木は山のどんな斜面で、どのような歳月をくぐりぬけて生きてきたか。そのために背負った癖や捻じれも承知して、それぞれの材が持つ個性が最もよく響きあうよう計算し尽くされていた。判らないことがあると、西岡さんは、いつも法隆寺に刻みこまれた先人の仕事と向かい合うそうである。

白鷺城の名で親しまれる姫路城は、いまさら言うまでもない日本城郭建築の典型だ。五層六階の、大天守を中心に連立式天守を本丸に擁する威容は、まことに見事。そんな古城の数々を眺めるたびに、いつも感嘆するのは城壁の石組。クレーンやブルドーザーなどの機械力もない時代の、石工たちの手間と労力、施工技術の巧みさに、つい「昔の人は偉い。平成の政治家より、ずっとエライ」と叫んでしまう。同じ遺産ながら、角栄氏の一一九億円をはるかに凌ぐ値打ちがあるのは確かだ。

人間を宇宙空間へと送り込む今、科学技術の目覚ましい発達とは裏腹に、ひょっとしたら個々の人間としての能力は退化しつつあるのではないか。古代人の遺産を目にした時に、ふっと頭をよぎる率直な印象だ。

白髪三千丈の中国では、文化遺産も桁外れとしか言いようのないスケールを誇る。延長五〇〇〇キロを超える万里の長城もさることながら、七〇万人の囚人を動員して完成された始皇帝陵の地下宮殿の規模には、ただ息を呑む。いまなお発掘が進行中の兵(へい)馬桶(ばよう)。二千年の歳月のあと、忽然と地中から蘇ってきた古代中国の最強軍団。数千に及ぶ等身大の官吏、兵士、馬などの土偶には、今にも息を吹き返し、進軍を始めんばかりのリアリティーがある。そして、この地下宮殿の入口には、不審な者を感知して自動的に矢を発射する装置も仕掛けられていた、という。

人は、ほんとうに、賢くなったのか。進化したのか。先人が残してくれた遺産の前で、いま一度、謙虚に自らを振り返ってみるのも無駄なことではない。

この面倒な
遺産
どこに
棄てますて、
捨てるんじゃない
届けるんだ
カスミガセキ
官邸前な!
完全にブロックした
なんてほざいて
世界中に恥さらしたんだ
テメエたちで
オトシマエつけさせるのさ

話のくずかご 16
1995.1

形状記憶

どんなものにも、いのちがある。生きている。

今の私には、自明のことでも、子供のころは、なんにも判っていなかった。手加減をすることを知らなかった。乱暴に物を扱った。癇癪をおこし、平気で物を壊した。

草木も生き物だなんて、まるで判っていなかった。だから、隣家の植物好きなM兄さんの、お辞儀草に初めて手を触れさせてもらった時の驚きは、いまも鮮烈だ。いわゆるカルチャーショック。手が触れて、身をすくめた草が、ふたたび立ち上がるのを待ち兼ねるようにして手をさし出す私の様子を、楽しげに、いくらか自慢げに見つめていたM兄さんの顔つきも同時に鮮やかに思い出す。

へえ、草も生きてるんだ。びっくりすると小さくなるんだ。かくれんぼするんだ。しばらくは、毎日のようにMさんにせがんで、触らせてもらった。

お辞儀草。ブラジル原産。マメ科の多年草。江戸末期に日本に渡来。鑑賞用に一年草として栽培されてきた。夜には葉が閉じる就眠運動のほか、触れるとたちまちお辞儀をするようにして閉葉運動を行う。ネムリグサとも含羞草とも言う。

Mさんはまた、食虫花の写真なども見せてくれ、幼稚な私に、未知の不思議な世界がまだまだいっぱい、この地球上にはあることを教えてもくれた。

一九五一年に、あらかじめ任意の形状を記憶させておくと、低温相で変形させても、熱が加わり高温相になれば、元の形状に戻る性質のある合金が発見された。金・カドミウム合金で、形状記憶の名が初めて冠せられた。

以後、研究が進んでニッケル・チタン合金、銅・亜鉛・アルミ合金、鉄・マンガン・ケイ素合金などが開発された。

最初に実用化されたのが、玩具。それも温度に感応して、開花したり凋(しぼ)んだりする花というのが、いかにも面白い。最もメタリックで、生命とは縁遠くもみえる合金で、可憐に息づく花を造ろうという発想。夢想から、科学はやはり進歩するものらしい。

今では人工衛星のアンテナ、温室の窓の開閉装置、ブラジャーにまで利用されている。

温度による形状記憶の性質は樹脂にもあることが判り、合金に較べて耐熱性では劣るものの、安価で、軽く、成形や着色もし易いとあって、用途はさらに急速に広まっている。

身体にぴったりフィットして緩まないパンスト、しわも温めるだけで無くなる西陣帯など。そして形状記憶繊維も開発されて、洗濯してもアイロン不要のワイシャツやスラックスも発売され、好評だという。

ぶっつけて凹んでも、お湯をかければ元に戻る自動車のボディー、バンパーなども目下研究中とか。

「形状記憶」という言葉から、いつも私が原体験・原風景を連想するのは、なぜだろう。

元の形へ戻ろうとする。記憶を呼び覚まされて帰ろうとする。本来の自分にもう一度立ち戻ろうとする。そのイメージが、遠い日の記憶。いつまでも心に残って、生きているかぎり、こだわりつづける幼少期の体験。そして、眼底に焼き付けられた風景を思い出させるのかもしれない。

人によって、それは、さまざまな色合いを持つだろうが、大方は痛苦に満ちたもの、激しい衝撃に見舞われた過去の一場面。葛藤や別離、戦争や災害、貧窮などにふちどられた体験であることが多い。あるいは一篇の詩、一枚の絵、一曲の歌だったりもする。

ふるさと、家族、生い立ちにも、自ずと深く関わる。

蘇るたび、懐かしさに心が和み、安らぐ風景も勿論あるだろうが、そんな時は、きまって落ち込んでいることが多いのが皮肉だ。

お辞儀草は、私の原体験の中の他愛ないものの一つ。

花咲爺さんが振りまいたのは、まさに形状記憶粉末。枯れ木はたちまち花盛り。

浦島太郎の玉手箱から立ち登った煙は、形状逆転記憶煙。太郎はたちまちお爺さん。

「花咲爺さんの粉末が科学的に調合され、人間にも効用がある」と信じて、化粧に余念のない人がいる。

「鏡よ、鏡。私が一番美しく、輝いていた日に戻しておくれ」と三度唱えるだけで、たちまち変身できる形状記憶鏡を開発したら、間違いなく世界一の金持ちになれるだろう。現在の形状記憶錯覚鏡でさえ、あれほど愛用されているんだから。

人が風呂好きなのは、母親の胎内で羊水にゆられていた遠い記憶のせい、とかいう説を聞いたことがある。真偽はともかく、これからの季節、温泉がいい。温泉は地球の原風景なのだ。

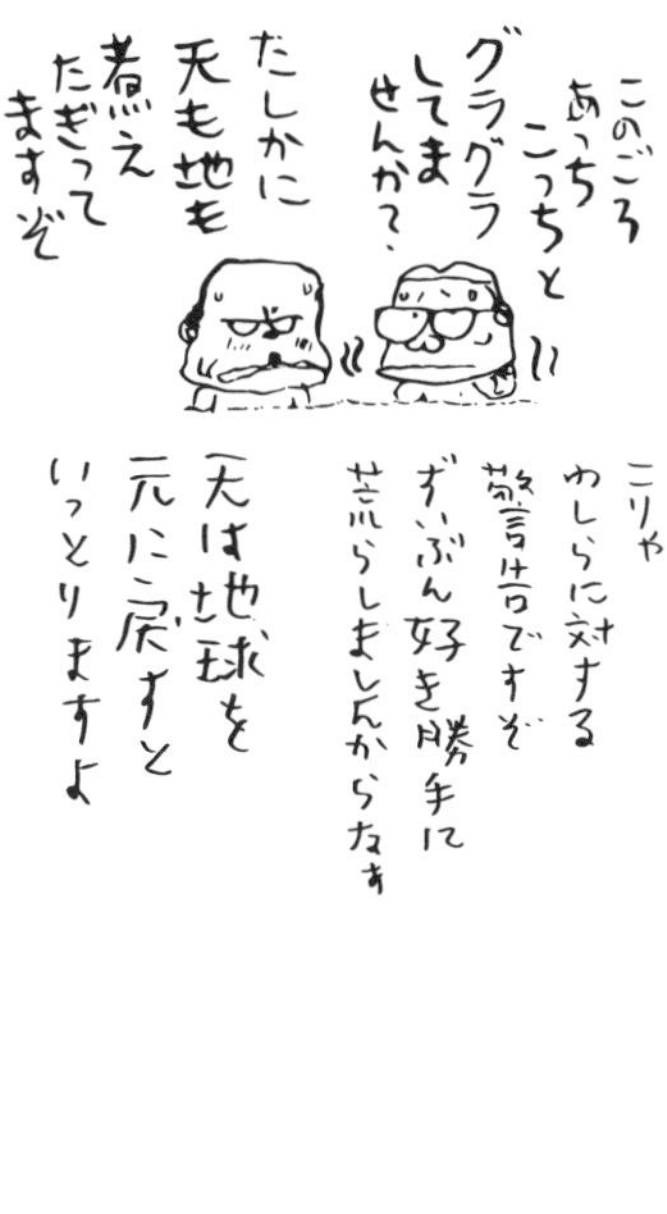

話のくずかご 17 1995.4

電話中

となりに座っている人が、突然、声高に独り言をいい始める。あらぬ方に視線を泳がせながら、おしゃべりを始める。ときどき相槌をうったり、笑ったりもする。思わずギョッと身をすくめ、横目で盗み見ると、当人はしごく平然と、別世界と交信中。

珍しくなくなったとはいえ、やはり電車の中で、いきなり携帯電話を使い始められると、なぜか周りの人間のほうが奇妙に落ち着きの悪い気持にさせられるから不思議だ。

鶏小屋にアヒルが一羽紛れ込んでくると、にわかに鶏たちの様子がソワソワと、落ち着きがなくなってくる様子に、ちょっと似てもいる。

あの違和感はなんだろう、と思う。

電話独自の特殊な会話のやりとりや、他人を寄せつけぬ一種のよそよそしさもあるように思う。が、あの奇妙な居心地の悪さは、それほど単純なものでもなさそうだ。

やや大袈裟な言い回しになるが、あれは精神がお留守になってしまった人と、突然、顔を突き合わせた瞬間の不気味さのようなものではないのか。心の不在。精神の脱け殻。

電話回線が繋がるとともに、通話者の心はたちまち空間を越えて、相手と向かい合う。その瞬間から携帯電話の主は、乗客の共有する空間とは、全く異質の世界に帰属する。

何度聞いても馴れそうにないのは、その異物感のせいではないのか、と思う。見知らぬ世界にいきなり迷いこんだような——

同じ電車に乗り合わせてはいても、乗客全員が同じことをしたり、考えたりする筈は勿論ない。みなが、てんでバラバラな想念に耽っている。しかし、そこには自然な黙契で、互いに共有する世界がある。電話の主は、そんな暗黙の約束を、いともあっさりと無視する。周囲の乗客はいないも同然で、彼にとっては、その時、実在する人間は、電話回線を通して対話する相手しか無い。その傍若無人さ、独りよがりとも見える態度が、違和感の実体のような気がする。

時と場合に応じた携帯電話の必要性、重宝さを認めるのに全くやぶさかではないのだが、馴染みにくさが、なぜかつきまとう（これには未だにダイヤル式の受話器にこだわる時代遅れの頑固者の、世をスネたヒガミ根性も無いとは言えないのだが）。

思うに、これは携帯電話が出回り始めた頃の、使う人のTPOの拙さと、お行儀の悪さにも原因がありそうだ。まず、どんな人に使って貰ったらよいか。対象の選定次第で、商品のイメージは、見事に一変する。最初は随分、柄の悪そうな人が、我が物顔で使っていた。あの印象が強烈過ぎるようだ。

乗客全員が移動電話でお話中、は想像するだけに異様な雰囲気で、すぐにも飛び降りたい気がするが、これも発想の転換で、その車両全体が移動する専用電話ボックスと思い直せば、当たり前の風景にもなる。お座敷列車だってあるんだし、移動電話専用車両だって、そのうちお目見えするかも（いや、絶対あり得ないか）。

どうでもいいことだが、ついでに言わせてもらえば小耳に挿んだ限り会話の中身が、わざわざ電車の中で寸秒を惜しんで伝えなければならぬほど、緊急かつ重大な内容だった場合のないことだ。電車に乗る前にホームの端や階段のわきで済ましておけば、いいような話ばかり。電車を降りてからでも結構間に合う内容ばかりだった気がする。携帯電話も一種のステータス・シンボル化しつつある証左なのだろうか。

電話とは交換手を通して初めて回線が繋がる時代からの付き合いである世代にとって、現在の急速な電話の変貌には、戸惑う一面があるのは否定できない。

電報と同じで、かつては電話も特別な用事、それもどちらかと言えば、あまり芳しくない用件を伝える場合に利用されることが多かった。時ならぬ電話のベルに、思わずキッと身構えたりもした。

そしてあの強引さ。入浴中だろうが、トイレでお取り込み中だろうが、子供が寝ついたばかりだろうと、高熱にうなされていようと、委細構わず割り込んでくる。

できることなら、あまり親しい関わりは持ちたくない器具。一線を画しつつ外の世界とつきあう窓口として、受話器も玄関の下駄箱の上などに、そっと置かれたりもした。

いまや身近で便利、生活に不可欠な道具として電話を使いこなす人達を目の当(ま)たりにするにつけ、旧人類に属するオジサンの、電話を見つめる目つきが、ますます、うさん臭げになるのは悲しい限りだ。

「電話中、つい寝込んでしまったのに、目が覚めるまで切らないで待っていてくれました」

高名なオペラ歌手が打ち明けた結婚秘話。オジサンには、まるでオカルトの世界。電話しながら眠ってしまう？　何時間も寝息を聞いて待っている？電話をほとんど身体の一部みたいに、ごく自然に同化させて使う人種が闊歩するそんな時代になったのか、とオジサンは電話を横目に、いよいよ所在なげだ。

話のくずかご ⑱ 1996.1

銭湯

岐阜・富山両県に残る合掌造り集落が、正式に世界文化遺産に登録された。現実に今なお生活が営まれている建造物が登録されるのは珍しい。が、文化的な評価と、そこで厳しい自然環境と向かい合いながら日々暮らし続けることとは、また別の次元の問題だ。TVのインタビューに応じる村人の複雑な心の揺らぎも、よくわかる気がする。

ところで、これは全くの思いつきだが、銭湯を世界文化遺産に登録するのは、いかがなものだろう。ここ二〇年ほどの間に、全国で一万軒余が廃業して、ほぼ半数に激減。現在も、その傾向に歯止めはかかっていない。東京でも一九七五年から九〇年までの一五年間で約二五%に当たる五八七軒が廃業に追い込まれた。銭湯の良さを伝えたい、残したいと懸命な声援を送るファンやマニアも多く、さまざまな試みやPR活動も盛んだが、時代の流れには、残念ながら逆らえそうもない。

くぐもって、こだまを返す浴室の華やかな賑わい。石鹸が目にしみて痛いと泣く子。アナタ〜、先に出るわヨ〜と女湯から開けっぴろげな声。三七、三八と真っ赤になって父さんと声を合わせて数える子。洗い桶がたてる威勢のいい響き。

銭湯には、どこか祭りにも似た解放感がある。縁日や夜店に漂う、浮き立つような陽気さがある。

それでいて、地域コミュニティーの場として、特別な役割も果たしていた。

「おっ、ついこの間まで、ハナたれ小僧だと思っていたが、立派にオチンチンに毛が生えたな」と町内の頑固爺さんに冷やかされたり、「たまには肩のひとつも叩いてくれや」とか「馬鹿野郎、水ブッかぶるなら、人にハネっ返らねえよう、気イつけな」と怒鳴りつけられたりした。

「おやまあ、このところ、めっきり女っぽくなったねえ。いい人、出来たんじゃないのかえ」と、しげしげ胸元を見つめられる気恥ずかしさ。「そろそろ臨月だね。予定日はいつだっけ」と見事にふくらんだ腹に問いかけてくるオバチャン。

銭湯は素っ裸のまんまの、地域共同体の情報交換・親睦の場でもあれば、しきたりや躾けを学ぶ貴重な実践教育の場でもあった。

社寺風の建物、遠くからもよく目立った煙突、壁面の背景画。これらシンボリックな造作ともども、銭湯は、核家族化の進行・内風呂の一般化・職住間の遠距離化・長時間勤務などの影響で、次第に、その役割や色合いを変えつつある。

間違いなく、昔通りの銭湯は時代の波間に消えていく運命にある。ファンやマニアだけでは営業は成り立っていきそうにもない。まさに、日本独自の文化遺産にピッタリではないか。銭湯大好き人間も、ついでに今や絶滅の危機に瀕する奇特な人種として、一緒に登録するのがいいかもしれない。

ところで銭湯の背景画には、三つのタブーがあるという。夕日・秋・猿で、火が落ちる・飽きがく

る・客が去ると困るという縁起かつぎからのようだ。鯉や鶴亀なら、めでたくてよかったらしい。

それにしても、なぜ、定番のトップが富士なんだろう。

日本を象徴する霊峰であり、誰もが美しいと認める絶景だからなんだとは思うが、もっと深い心理的な働きがあるような気がする。

富士見と名のつく町や坂は多い。見晴らしの良さを自慢する心。なに、あの町より、こっちの眺めがいいと競い合う心。とはいえ、いつも天気のいいはずはない。

「おゥ、今日はお山がよく見えらぁ。日本晴れだね。気分がいいや」と、それだけでなんとなく幸せな気分になれる不思議。いいことのありそうな予感。富士が見えるのは、そんな心のよりどころにもなった。芭蕉のように〈霧しぐれ富士を見ぬ日ぞおもしろき〉と見えないのも一興とするのは例外に属する。

全国で○○富士の別名を持つ山は一〇〇余。小富士というのまで含めると、一二〇余りとも一四〇以上ともいう。蝦夷富士、津軽富士、八丈富士、薩摩富士など、故郷の山を讃えるキーワードにもなっている。一六の○○富士があるのは岡山県。ゼロは大阪、高知、徳島、宮崎、岐阜、沖縄の六県だけ。その最高峰は諏訪富士＝蓼科山の二五三〇メートル、一番チビは下田富士の一〇八メートルになる。

日本人の心のふるさとでもあり、よりどころともなる普遍性が、どうやら富士にはあるようだ。そして、あの伸びやかに広がる風景は、野天風呂の解放感とも共通する。銭湯で人々は無意識のうちに露天風呂気分を楽しんでいると言ってもよさそうだ。

関東で今、銭湯の背景画を描けるペンキ絵師は四人だけ。その一人、中島盛夫さんは、一番湯の客が来る時間までに、朝から刷毛を振るうこと数時間。開店時間にピタリ仕事を終え、客と一緒に湯に入って、仕上げたばかりのわが富士を眺める時、思わず「極楽」と感ずるそうである。

話のくずかご 19 1996.7

居候

週休二日制が一般化してきた。休日の過ごし方が下手、と定評のあるニッポンのお父さんだが、それでも働き盛りの間は、朝寝朝酒朝湯三昧はさすがに無理としても、家族の間で、ゴロ寝の自由くらいは、まあ認めてもらえる。それが子供に足を踏んづけられたり、女房殿に顔の上を跨いで通られたりの戦場の仮眠だとしても。やはり我が家はいいなあ、としみじみ思っていられたりもする。

しかし、仕事が趣味の企業戦士の役を、あまりにも夢中で演じつづけていると、ニッポンのお父さんは、確実に自分の居場所を家庭の中から失ってゆく。その第一段階が、

久々の　早い帰宅に　不満顔

早いのね　夕食用意　してないわ

いるとじゃま　いないとおそいと　妻がいう

ちょっと変だぞ、とは思いながらも気のいいニッポンのお父さんは、ま、仕方ないか、突然だから、とひとり合点して、トイレに暫くうずくまっていたりもする。それが、

遅くなる　電話を入れりゃ　泊まったら

父帰宅　一人一人と　居間を去り

誕生日　急いで帰れば　みんな留守

どうやらワタクシはあまり歓迎されぬ同居人のよ

うだとウスウス気付いたニッポンのお父さんが、会社のため、家庭のためにもなるならばと、清水の舞台から飛び下りる思いで単身赴任に踏み切って、まずは、

単身と　決まって女房　若返り

単身赴任　やっと自分の　部屋が持て

と事態がわずかながらも好転するかに錯覚したのも束の間、

週末に　帰ると女房「また来たの」

単身で　黙って帰れば　妻旅行

父さんは　不要家族と　笑われる

単身が　解けて我が家の　居候

かくて、気力も萎え、老兵の身をかこつのみとなった、かつての企業戦士・ニッポンのお父さんは、

窓際の　西日が似合う　人となり

窓際は　明るいだけの　暗い場所

帰っても　窓の近くに　すわるクセ

窓際族　家に帰れば　ホタル族

と、やけにシルエットだけが絵になるみじめな人生のたそがれどきに直面せざるをえなくなる。

おまえ百まで、わしゃ九九まで、も今は昔の語り草のよう。

最近のある調査では、老後に体が不自由になった時はどうしたいか？　との設問に、夫の六二％が妻と一緒に暮らしたいと答えたのに対して、妻は四三％。三六％が施設への入居を希望、四％が友人や仲間と暮らしたい、と答えている。

定年後の不安では、第一位の収入につづく第二位に、夫の二四％が時間を持て余すと考えているのに対し、妻はなんと二八％が「夫が常に家にいる」ことを挙げている。

待望の　自由の日々を　もてあまし

定年後　晴耕雨読の　土地もなし

妻はもう　老後は一人と　計画し

金婚式まで、めでたく添い遂げようとニッポンの

お父さんが考えても、それは甘い。

フルムーン　の妻が混浴　拒絶する
墓だけは　別にしてネと　妻がいい
子のところ　順々廻る　フルムーン

結局、最後は、どんなにクサイ、キタナイ、粗大ゴミ、不要家族だ、濡れ落ち葉、と爪弾きされても、じっと我慢が男の意気地の見せどころとなる。

昔は、居候といえば、大体が遊び人の若旦那か、義理の兄弟・甥などが、落語では常連だった。現代は一家の主が居候という受難の時代なのである。

所帯主　思わず書いた　妻の名を
はい主人　私ですがと　妻が受け
妻風呂へ　待ってましたと　盗み酒
出ていけと　決まり文句を　妻が言う

「ただいま」と言ったはずだが「あらいたの?」

これも「父の日」にからめてのある調査で、ニッポンのお父さんの願いを聞いたら、①自由な時間②欲しいものを買う　③一人旅、の順だった。図らずも悲しき父親像が浮き彫りにされた感じで、ついつい本音が洩れ出てしまったんだろうと思う。

居候とは「居ります」の意。江戸時代に同居人を公文書に記す時の肩書として使ったことから始まった。都市では人入れ稼業で、常時多数の同居人を抱える場合があったし、農村では旧家や大家が、奉公人だけでなく、一時的な、あるいは半永久的な同居人を擁して労働力の補充に当てることが、まま、あった。臨時に「これこれの者がおります」というわけで、三杯目をそっと出し、の居候の元祖たちである。それが時代とともに、だんだん、

喰うもうし　喰わぬもつらし　居候
居候　ある夜の夢に　五杯くい
口軽く　尻の重たい　居候
居候　角な座敷を　丸く掃き
花の留守　大の字になる　居候

と、食客つまり無為な同居人を指すようになり、格

好の噺のネタにもされた。

　言うまでもないが、本来、人間は地球の居候に過ぎない。ニッポンのお父さんだけが肩身の狭い思いをする必要はない。みんな居候の癖に、大きな顔をし過ぎているのが多いのだ。（現代川柳はすべて『平成サラリーマン川柳傑作選』から）

話のくずかご 20 1996.10

幕

　渥美清さんが亡くなった。いかにも寅さんらしい旅立ちの仕方で。

　だから、誰もが「おいちゃんも、おばちゃんも達者でな。あばよ」と出ていったきり、なんの音沙汰がなくなったとしても、なぜか心の片隅で、盆と正月がやってきさえすれば、

「よっ、なんだ、なんだ。相も変わらずシケたツラ、ぶらさげやがって。え、元気にしてたかい？はい、これは、お土産」

と、私たちを励ましに戻ってきてくれるものと、どこかで思い込みたいフシがある。

　そして、寅さんの恋物語の顛末に気分よく笑ったあと、それでは、また半年、気をとり直して頑張ってみようか、と晴れやかな思いで映画館を出たいと願っているフシがある。

　人生の幕の引き方も見事だったが、役者と私人のケジメのつけ方の潔さにも、渥美さんの人生哲学が見事に貫徹されている。仕事が終わり「はい、お疲

れさん」の挨拶を交わした瞬間から、渥美さんは田所康雄に戻る。「ウチではいつもゴロゴロしている父親でした」と息子さんが語った渥美さんの、自分の健康状態を確かめながら体をいたわっている姿は、家族だけが知る素顔だ。

「何度も仕事を御一緒しましたが、お宅がどこか知らないんです。車でお送りしても、大分離れたところで、ア、もう、ここでいいから、とおっしゃって、さっさと降りてしまわれるんです」と渥美さんの思い出を語る人。

厳しいまでに私生活と、渥美清が演じる寅さんの世界との間に一線を画し通したわけだが、一方、そうせざるをえないほど車寅次郎に成りきって、その人間像に生命を吹き込んでしまった渥美さんの演技力にも、正直、脱帽せざるをえない。ファンの目には、渥美さんは完全に寅さんと一体化して見えていたのだから。

私生活も含めて丸裸を売り物にするタレントやスターと名乗る人物が幅をきかせる当世芸能界事情だけに、ひときわ渥美さんの含羞と心意気が貴重に思えてならない。

ファンの夢を壊してはならないとする役者としての気配りは、同時に、私生活は別とする家族へのいたわり、思いやりと楯の両面をなしている。

相手の立場になって考えてみる。そして我身をふり返って確かめてみる。思いやりはそうして生まれるのだが、これがなかなか難しい。凡人はどうしても我が先に立つ。

人には春風のように接し、自らには秋霜のごとく向き合え、と常々自戒はしていても、なかなかどうして、ついつい自分には甘く、人にはきつく当たってしまって、いつも後味の悪い思いだけが残る毎日の連続である。

寅さんの人気の秘密は、そんな人々の屈折した思いや物憂さを、ホッと解きほぐしてくれる暖かさや潤い、笑いや安らぎにあったともいえようか。似たような筋書きでも人々は飽きることなく、よく笑った。安心して笑っていられたのだ。

いろんな幕の引き方があっていい。ケジメのつけ方があっていい。人それぞれに流儀があって当然だ。渥美さんの場合は、いかにもフーテンの寅を演じ抜いた人らしい旅立ちだった、ということ。しかし、ひとつの時代がこれで終わった、という印象もまたぬぐいきれない。

寅さんの恋は、実らないと定められていたけど、ある意味では羨ましい艶福家だったともいえる。花も実もある数多くの美しいマドンナとの交流は、それだけでも充分幸せに値する。寅さんの側にホロ苦さは残っても、後味の悪さや、別れろ切れろの修羅場や愁嘆場は全くなし。ただ懐かしさと、甘酸っぱい切なさが漂うだけ。

心ひそかに思いを寄せた人への幕の引き方にも、幾分、ドジなところ、歯痒いところはあるものの、男の美学（負け惜しみかな）が流れていた。片想いにせよ、失恋ばかりにせよ、寅さんは男冥利に尽きていたと思うな。

だんだんに失われていくもの。私たちが見失いつつあるもの。見失いがちだが、ほんとうに大切なもの。人間の心のありよう、人と人との結びつきや触れ合い、出会いと別れの幕の引き方などを、寅さんの世界は描きつづけた。懐かしい日本の風景、心象風景とともに。だから、フーテンの寅をめぐる世界は、人々の心のふるさととともなり得たと思う。

話のくずかご ㉑ 1997.6

視線

相手の視線を、痛いほど、横顔に、背中に、うつむけた額の上に感じた経験がおありだろうか。ある時は激しい憎しみや怒りをこめた、ある時は厳しい叱責や批判をこめた、突き刺すような視線を。

私など、そんな視線のシャワーを浴びつづけた恥多き人間の見本みたいなものだ。

溢れるような愛情や尊敬、あるいは深い喜びや悲しみを湛えた視線を注がれる至福の人を羨ましく思う時もないではないが、所詮、身から出た錆ではある。

虫も視線を感じるようだ、と思う時がある。

たった一匹の蚊の羽音が、どうにも気にさわってしようがないという時がある。目で追いながら、手の届くところへ来たら、ぶっ叩いてやろう、と身構えている時に限って、スイスイッと、きわどいところで身をひるがえして、決して近寄ってこようとしない。

宮本武蔵の巌流島の決闘でもあるまいし、こちらに殺意とか殺気というほど大袈裟な気迫もないのに、絶妙のタイミングでの藪蚊がえしに出られると、どうやら虫も人間の視線を感じるようだ、と思いたくもなる。

夏目漱石に「**叩かれて昼の蚊を吐く木魚かな**」の

句がある。この場合は、当然、蚊も木魚の振動と音の波長を感じるからだと理解はできるが、視線にもそんな周波数のようなものがあるのだろうか。

蚊が一つ　まっすぐ耳へ　来つつあり　篠原梵
いっぴきの　蚊の執念を　憎みけり　岸風三樓
じっとして　ゐなと額の　蚊を殺し　柳多留

目は口ほどに物をいい、という。不幸にして、そんな目で異性から見つめられて、身も心もシビレるような体験はないが、実感することはある。たとえば、こんな時。

犬にせよ、猫や猿、馬や鹿、カバやゾウにせよ、濡れたような瞳でじっと見つめられると、もう、やたら切なくなって、やたら餌をやりたくなってしまうのだ。「お願いだから、エサ頂戴」と、もし彼らが口を利いたとしたら、決してそれほどに思い詰めたりはすまい。口が利けないからこそのインパクトである。動物園が好きだけど近づかない。異性には心魅かれ、胸ときめくけど、近寄るまい、と自戒しているユエンである。現実は、ヒマもカネもなく、ただモテないだけにせよ、だ。

顔色を窺う、という。が、色に出るほどなら一目瞭然。喜怒哀楽の度合いも推量できて、対応の仕様もあろう。難儀なのは目の色が読めぬ時。サングラスでポーカー・フェイスを決め込まれたら、もう殆どお手上げである。それだけに目は、微妙な感情の揺らぎを映し出す重要な鏡、心の窓とも言われているわけだ。

「こころ」が「まなこ」に言ふことにゃ
「眼(まなこ)みる役、わしゃ悩む役」
「まなこ」の答へが面白い
「心が始めた色恋を　わたしゃ涙で後始末」
（アフガニスタン民謡・ランダイ／森亮訳）

見つめあって、飽きることがない。そんな愛に、めぐり逢えた人は幸せだ。

いくら覗き込んでも、うつろ、無表情、無関心、無反応。目の隅にも、ひっかけてもらえない。完璧な無視。いないも同然。そんな体験なら、私も事欠かない。愛の深淵だなんて、とてもとても。いつも、お先真っ暗の、迷える子羊(ストレイシープ)さんの心境である。

無視されることのダメージは相当なものである。ひとりぼっち。誰にも相手にしてもらえない。お前なんか居なくてもいい。まさにイジメ、そのものである。

視線が対人関係で占める比重は、思ったよりも重い。人は、まなざしで育つ、成長するといってもいいほどだ。

母親が目に入る範囲内なら、幼児も安心して遊びまわる。いくら猫撫で声で近寄っても、目に少しでも異様な光りを認めたら、子供はたちまち脅えて泣き出すだろう。

さまざまな光と表情、動きを見せる視線に晒されながら、人は社会生活における自らの位置を確認していく。

他者の視線に劣らず、人格形成の上で重要な働きをするのが、内なる視線、すなわち自分を客体視する、もうひとりの自分だ。我がことながら恥ずかしい、穴があったら入りたい、いっそのこと消えてしまいたいと自制、自戒する心だ。内なる目の澄んだ人は、他者への思いやりも深い。その目が驕り、濁るほどに、厚顔無恥、蛙の面に小便、の鉄面皮となる。そんな詐欺師や教祖が一杯だ。

このところ乾いた目、冷やかな視線を浴び続けた反動か、思わず我を忘れて吸い込まれそうな、ぬくもりと優しさに満ちた瞳の中に溺れてみたい、と願うこと、しきりだ。所詮叶わぬ夢と判ってはいても。

話のくずかご 22
1998.3

片想い

いくつになっても、どんなときも、人を恋う、愛する人がいる。そう、ありたい、と願う。それこそ、生きている証だ、と思う。相手に見向きされなくてもかまわぬ。ただ、そんな人がいてくれるだけでいい。

駄目だな。どこかで聞いたぞ、似たような歌の文句。歳を重ねると、感性も干からびて、愛について語ろうにも、月並みな表現しか思い浮かばぬのが、わびしい。

愛のかたちはさまざまだが、なんと言おうと、理想は片想いである。モテぬ男のヤセ我慢、というなかれ。フラレつづけた男の自己弁護、と笑うなかれ。エドモン・ロスタンが描くシラノ・ド・ベルジュラックの如く生きられたら、男の本望、と思う。願わくば、ロクサーヌの如き女性が身近に現れてくれることだが、これが、なかなか難しい。最近はマドレーヌでもシュークリームでもいいか、と高望みは捨てたのだが、やはり難しい。いまなお、片想いすら叶わぬのが真相である。

しかし、理想的な片想いもできぬ原因を相手側にだけ求めるのでは、いかにも公平を欠く。冷静な目で、自分を見直してみた。シラノのような剣の達人でもない。哲学者でも詩人、小説家でもない。鼻も低くてアグラをかいてる。恋人にしたくない男性、嫌いな上司、困った父親像、いずれでもワースト・ナンバー・ワンに選ばれそうで、すっかり滅入った。なんてことはない。所詮、片想いが、おのが宿命と悟った。理想の愛、と気取ったが、やはり、ただのヤセ我慢か。

そう自覚した上で、なお、片想いにこだわりたい。初恋。それが、そのまま実って、生涯、添い遂げるのは稀なこと。おおかたは、淡い憧れ、片想いに終わる。

が、その人を想う心のときめき。切なさ、恥じらい、おそれ、不安、かなしみ、ぬくもり、やさしさ、よろこび、と感情はさまざまに揺れ動く。誰もが多感に、繊細になる。多者との関わりの中で、改めて自分を見直しもする。あの人に、本当に自分はふさわしいんだろうか、など。思慮深く、慎み深くなる。心がふくらみを増すのだ。片想いが人を育ててくれる。こだわる理由である。

しかし、最近は、そんな可憐な片想いもなくなったかも知れぬ。バレンタイン・デーにチョコレートを渡せば気持は明かせる。ホワイト・デーにお返しがなかったら、さっさと諦めたらいい。トントンとうまく恋が進んだら、道端だろうが電車の中だろうが、人目も構わず、ベチャベチャと抱き合って、自分たちだけの世界に閉じ籠る御時世だ。

ストーカーになると、これは論外。ただのビョーキ。片想いとは、全く無縁だ。

片想いによる感情の揺らめきは、それまで気にも留めなかった人々の心のありようや言葉、振る舞いにも敏感になる。わけもなく急に涙ぐんだり、つと胸を突かれて思わずうろたえるときもある。

不思議な優しさにつつまれて、道端の草花や雲の動きに心を奪われたりもする。自然の四季の微妙な変化に初めて気づき、こころ弾(はず)ませたり、沈み込んだり。人生の光と影、命の輝きとはかなさに、立ち尽くす瞬間が訪れることもある。片想いゆえに。

相思相愛、お似合いのカップルには、祝福を贈る。いつまでもお幸せに、と祈る。そして、二人の愛の土壌を豊かに育み、実らせながら、ともに天寿を全うする夫婦がいることも否定しない。

だから、これは凡人の愚かな繰り言と、一笑に付されるのを承知で書く。相思相愛は、出来が悪い人間の場合には、往々にしてそこで完結、物語は終わりになって、すぐ次の、新たな波瀾のドラマに繋がることが多いと言いたいのだ。ラブ・ロマンスのハッピーエンドが、そのまま生涯のハッピー・ライフへ続くとは限らず、苦行の始まりになることも少なくない。凡人の悲しさだ。

正直、片想いは、いつだって苦しい。天国と地獄の間を、絶えず自分で勝手に行ったり来たり。ひとり喜びに震えたり、嘆きの底に身を投げたり。自作自演の一人芝居。まさにピエロの恋、そのものだ。

が、たとえ叶わぬ片想いでも、愛する人がいることで、生きていることの素晴らしさを実感する。絶えず相手と同じ高みへ達しようと憧れもする。その緊張と高揚が、われら凡人には、なによりの精神修行、人格向上に役立つのだ。

片想いゆえに、耐えること、自省すること、痛みを知ること、思いやること、一歩下がって考えることを、身につまされて習得するのだ。誰よりも、その人を愛しながら。

少しは理解して頂けただろうか、我が「片想い」のすすめ。いつだって、ときめいて、生きている人は、美しい。

片想いは追っかけない
サユリスト

話のくずかご 23 1998.9

初恋

広辞苑にも大辞林にも当たってみた。初恋＝初めての恋、と文字通りの解釈で、素っ気ないといえば、あまりにも素っ気ない。人が、初恋や初恋の人に寄せる、あの懐かしさや感傷、面映ゆさやトキメキは、露ほどもない。辞書に、そんな勝手な期待を抱くのはそもそも筋違いと判ってはいても、あまりにも冷たい仕打ではないか。

こちらの引き方に問題があるのでは、と気を取り直して、恋を拾ってみることにした。広辞苑の恋＝一緒に生活できない人や、亡くなった人に強く引かれて切なく思うこと。また、そのこころ。特に男女間の思慕の情。

大辞林の恋＝異性に強く惹かれ、会いたい、ひとりじめにしたい、一緒になりたいと思う気持ち。

同じ恋でも、執着の度合い、対象が随分と違うではないか。広辞苑さんの、やや控え目タイプに対して、大辞林さんは積極的だ。ひとりじめにしたい、なんて微笑ましくはあるけれど、あんまり思い込みが激しいのも、ときには息が詰まるだろう。

それにひきかえ、広辞苑さんはジレッたい。なにも、わざわざ一緒に生活できない人や、亡くなった人ばかりを選んで好きになることもないのに、と思うのだが、それが広辞苑さんの生まれついてのめぐりあわせというものなんだろう。切ないことだ。

たしかに四六時中、顔突き合せて暮らすよりも、別々のほうが新鮮でいられるし、アラも見えにくい。亡くなった人は思い出の中に生きて、いつまでも美しくいられる。あまりにも現実的で、ヌカ味噌くさくては、恋も芽生えにくいというココロなんだろう。

話を初恋に戻そうか。広辞苑型にせよ大辞林タイプにせよ、初めて、そんな心持ちになった時の状態、と意味を繋ぎ合わせてみても、人々が抱く初恋のニュアンスとは、だいぶ色合いが違っているのではなかろうか。辞書にそんなトキメキは、もともと不釣り合いなものなのだ（蛇足だが新明解国語辞典さんの初恋は、少年少女時代・青年初期のうたかたと消えた恋、とある。新解さんの初恋は消えていく宿命のものであるらしい）。

初恋でカルピスの味を連想するのは、もう完全な旧世代人と言っていいだろう。あれはコマーシャルの古典だが、奇妙な共感があったればこそ長続きしたとも言えるんだろう。甘すぎて、ややネバっこいきらいはあるものの、あの甘酸っぱさには独特の風合いがあった。乳白色の、モヤモヤとした色合いも初恋の心の景色と似通うものもあったのかもしれない。カルピスは初恋の味、の宣伝文句が頭の隅にこびりついていて、飲むたび、いささか気恥かしい思いがした記憶がある。

語感から、初恋を幼い恋、淡い恋、最初の恋と受けとめて、遠い過去の追憶の日々をまさぐるのが普通だ（いわゆる新解さんの初恋）。しかし言葉通り、初めての恋と解釈すると、様相はさまざま。恋多き人は、これが初めての恋、と相手と出会うたびに思いがつのるのだろう。こんな気持になったのは初めて、といつだって思い詰めてしまうのだろう。

初めて恋した人と不運にも結ばれなくて、生涯を独身で通す仙人のような人もいれば、とうとう圧倒的な力で心を揺さぶってくれる恋にめぐり逢えず、永遠の聖処女を通す人もいるに相違ない。

　初めての恋は、だから人さまざまで、たった一度の人もあれば、いつだって初めての人もいる。いまだ遭遇せずの人もいよう。

　そのうえ、初めてある人を恋しい、慕わしいと思う心に、年齢はなんの関係もない。良寛さんと貞心尼の如く、晩年の美しい恋もある。年齢はもちろん品質保証期間、賞味期限にも、なんのきまりもない。恋は気まぐれというくらいだから。


　思い出は時間とともに昇華する。初恋の人は、現実に手痛いしっぺ返しを食らった分だけ余計に、追憶によって美化される。いまはどうしているだろう。一目でいいから逢ってみたいな、とふと思ってみる。

　思い出のなかで、人はいつまでも歳をとらないが、初恋の人も生身の人間、相応に年輪は重ねよう。美しく歳をとるのは、これはなかなか難しいもの。懐かしさのあまり、本気で逢おうなんて考えるのは、お互いのためにも止したほうがいい。そっとしておくのがいい。胸に秘めて、時間が飾りたててくれるままにしたほうがいい。

　と、ここまで書いてきて、なんだ、これは、一緒に生活できない、あるいは亡くなった人にひかれる広辞苑さんの恋とあまり違わないではないか、と気づかされた。なかなか的をえた解釈だったことになる。不適切な関係なんてゴマカシは辞書には通用しないと、改めて納得した。

　それにしても、初恋の人と最後まで睦まじく上手に歳をとれたら、広辞苑さんには悪いけど、最高だろな。

話のくずかご 24 1999.1

失恋

惚れっぽい、すぐに心を奪われるのが、生まれついての身の不運か。その分、傷つく、痛手を負う、失恋の繰り返しであっても、誰にも文句は言えない。そんなの、勝手に思い込んで舞い上がる、お前さんの一人相撲の当然の結末、といつも友人に一笑される。特別、人の情けに飢えてるわけではない。こころ淋しいわけでもないが、身にしみて、その人の優しさとか暖かさ、明朗さ、清らかさ、おおらかさが嬉しくて、すぐ、ぞっこん入れ込む自分が恥ずかしい。ほんと、素敵な人が多すぎる。

問題は、それを何か特別のもの、自分にだけ向けられたもの、と早トチリする浅ましさである。ほんと、我ながら悲しい。自らがそんな特別な感情を受け取るにふさわしい人柄なのかどうか。他人には厳しいくせに、自分にはやたら甘いウツケ者の悲喜劇である。友人も呆れはて、見限って、最近は話に耳を貸そうともしない。聞くに値しない一人芝居と見放したらしい。おお、わが同輩、永遠の同志よ、とひそかにこころ頼みにしていた寅さんも逝って「あの馬鹿が。寅、またフラれやがって」と、なんとなく安心する機会もなくなってしまい、ぶつぶつ、独り言を呟く時が目立つようで、医者に行った方がいいんじゃないかと友人も心配顔だ。

勝手に同志にされては、天国の寅さんも迷惑だろうな、と後ろめたい気がしないでもない。

「えっ、オッチャン。冗談いっちゃあいけないよ。いいかい、そういうのをカエルのツラにションベン、屁のカッパ。お猿のお尻はまっ赤っか、お前の母ちゃんデベソっていうんだよ。厚かましいやね。え、第一、失恋の年季が違うだろ。ナキが入るたびに一皮むけて、ますます、いい男前になってく。そんな芸当、オッチャンにできるかい。え、できるわけがないやね。失恋は人間のコヤシだよ。ひとまわりずつ大きくならなくっちゃあいけない。そいつがマドンナへの恩返しってもんよ。オッチャンみたいに、だんだん貧相で、陰気臭くなっちゃあオシマイよ。コヤシも垂れ流すだけじゃバチあたりってもんよ。成長してこそ、次のマドンナにも恵まれるってもん。言っちゃ悪いが、オッチャンのはタドンノ・オカチメンコってのが、せいぜいさね」と、たちまち寅さんにやりこめられそうだ。

寅次郎にとっては、成就より、失恋がパーフェクトな恋愛なんです、と山田洋次監督が語っていた。さすが、うまいこと言うなあと感心した記憶がある。

だが、映画のストーリーとしては、そんな筋立てもできようが、現実には、パーフェクトな恋愛のため失恋するぞ、と決心する人間はまずあるまい。恋に落ちたら、誰だって、その恋が実ることを祈る。恋の痛手が快感、失恋こそ生き甲斐、というのは、よほどのマゾヒストか、負け惜しみの強い人だろう。

成就の望みが強いほど、破綻のあとの傷は深い。痛みが消え、こころの平安を取り戻すには長い時間が必要だ。振り返る余裕が生まれ、失った恋の顛末に自らピリオドが打てた時、はじめて失恋は完成する。懐かしい思い出にそれが変わった時、人は、やっと一つの峠を越えて、新しい旅立ちへのスタートラインにつくことができる。

それにしてもパーフェクトほど、あやういものはない。未完成なのだ、誰もが。欠点だらけが当たり前なのに、恋はしばしば、互いの錯覚からはじまるのが、なんとも厄介だ。相手が星の王子にも、月の女王にも変身して見えてしまう。しかし生身との落差が大きいほど、魔法がとけるのも早い。あなたって、そんな人だったの、と相手の心変わりを恨んだりもするが、もともと自分が勝手に思い込んだ過大な幻想が起因だ。相手を責めるより、まずは己れの「ないものねだり」の愚かさに気づいたほうがいい。

とはいえ、またまたノボせて、今度こそ一生に一度の恋、と思い詰めるのが、パーフェクトでない人間ゆえのいとおしさ、悲しさ、面白さと言えるのかもしれない。

恋心にも温度差がある。熱の上がり方、下がり方で、二人の仲にズレが生まれ、それが思いを募らせもすれば、冷え込ませもする。恋のエレベーター。一緒に上り降りできれば問題もないが、完全な行き違いがはじまると、恋も終わりが近い。

同じ失恋でも、フル側とフラれる側の両面がある。役回りとしてはフル方がみじめでなくて良さそうだが、可哀相でもフラれる方がなんとなく罪が軽いような気がするのは、身びいきか。いつまでも思いが残る。忘れがたい。辛い。

悲しい。もう一度会いたい。フラれた方は切ないことばかりだが、そのぶん、恋の余韻は残る。思い切りが悪い。未練たらしい。いつまでたっても成長しないと馬鹿にされても、心情としては、やっぱりフラれつづけるほうが身にあってる、と思う。

パーフェクトな失恋の典型。あんなのができれば最高、と思った映画「カサブランカ」。イングリッド・バーグマンによせるハンフリー・ボガートの愛。あれこそ至上の失恋と、いつも思う。

話のくずかご 25 1999.7

真夏の夜の悪夢

ザワザワと胸のうちの泡立つことが、最近は無闇と多くなって困っている。

テレビに向って、突然「いい加減にせい、アホ!」と怒鳴り散らしたり、いきなり新聞を床に叩きつけ「なにが社会の木鐸だ、ボンクラめ」と歯ぎしりするのが、ほとんど毎日のことで、女房が息子と病院の相談やら、新聞は断ればいいけど、テレビはどこに隠そうなどと話してるのを小耳にするにつけ、ますます胸のうちがザワついて、胸糞悪いこと、おびただしい。もう、あまり先は長くないのかも知れぬが、医者はニヤニヤ笑いながら、どこにも異常はありません。お年よりずっとお若い。まだまだ長生きできますよ、と白々しい世辞を言う。あのバカが。自分のことは自分が一番よくわかっているつもりだ。

これぞ、まぎれもなく、あの有名な難病で、治癒不能の「老人性頑固クソ固まり思い込みカンシャク激発性症候群」なのだ。我、老いたり、と自覚した途端、またも発作がはじまって、テレビに向ってワメキ出していた。

なぜ、あんな他愛もない魔女たたきに人々が血眼になるのか。時間とエネルギーのムダ使いではないのか。クソッタレども。

たかが一人の女子学生の初登校が、どうして、そんな重大事なのか。卒業はしたものの、就職のメド

生きてる人間くらいこわいもんありませんな? さむけがしますよ

も立たぬ若者の身のふり方こそ問題ではないのか。アラ、また、はじまったわ、と女房があわててテレビのスイッチを切ってしまった。

芸能ネタ漬けと視聴率稼ぎは、もちろん昨日今日、にわかに始まったことではない。これまでもそうだったし、この先も恐らく変わることはないだろう。

問題は、それが少しも異常と思われなくなるにつれ、一部の過激なメディアだけにとどまらず、マスコミ全体の報道のあり方に大きな歪み、ピンボケがはじまってきたことだ（同時にそれは、情報の受けとめ手であるわれわれの変質をも意味するのだが）。

マスコミは、時代の闇を切り裂く松明ではなかったのか。反骨のオピニオン・リーダーではなかったのか。

ワンパターン化した、一過性の、雑多で安易な情報のタレ流し。最近のマスコミを見ていると、単なるニューズ拡声器・没個性の官製スポークスマンがちょうどお似合い、とつい毒づきたくもなってくる。

ガイドライン、通信傍受、国旗国歌などなど、うさん臭い言葉が並んでいても、そのまんま鵜呑みにして、何の異議申立てもなし。かつて「デートもできない警職法」のキャッチフレーズで女性週刊誌が世論形成の一翼を担った時代を知る者には、昨今のマスコミの無表情には、そぞろ肌寒さを感じてしまう。明日では、もう遅すぎるのに。

なぜか、タイトルがカタカナづくめの映画を三本、たてつづけに見た。『プライベート・ライアン』『ライフ・イズ・ビューティフル』『シン・レッド・ライン』。いずれも戦争と人間がテーマの、重いけれど見応えのある映画ばかりだった。

ふっと鶴彬（つるあきら）（昭和初期の川柳作家）の句、

万歳とあげて　行った手を大陸に　おいて来た

手と足を　もいだ丸太に　してかへし

屍（しかばね）の　ゐないニュース映画で　勇ましい

が脳裏をよぎって過ぎ、かの、あまりにも有名な与謝野晶子の絶唱を思い出しさえもした。

君死にたまふことなかれ、／すめらみことは、戦ひに／おほみづからは出でまさね、／かたみに人の血を流し、／獣の道に死ねよとは、／死ぬるを人のほまれとは、／大みこころの深ければ／もとよりいかで思されむ

スクリーンの中のことではなく、現実に今も地球上のどこかで戦火の絶える時がない。しかし、どのように口実を繕い、大義名分をふりかざそうとも、戦争が殺傷と破壊しかもたらさないのは否定しようもない。

「良い戦争、悪い平和なんてあったためしがない」（ベンジャミン・フランクリン）

「最も正しき戦争よりも、最も不正なる平和をとらん」（キケロ）

「世の中には勝利よりも、もっと勝ちほこるに足る敗北があるものだ」（モンテーニュ）

これら先人の警句が身にしみるのは、何より近代戦争における兵器のハイテク・オモチャ化だろう。ワンタッチのコンピュータ操作で、広範かつ大規模な破壊と殺傷が可能になった。ただマニュアル通り、正確冷静にボタン操作するだけでよい。生身の人間の不在。死の恐怖におののく相手の目の動きに思わずひるみ、心の痛みやためらい、恐れを感じたりすることもない。

人間の生命や財産、暮らしの営みが完全に捨象された戦争ゲームでは、泣き叫ぶ子供や血まみれの妊婦、両脚をもぎとられた老人の姿を思い浮かべるのは、余計なことなのだ。だから、どこまでも非情にボタンを押し続けることができるのだ。

「戦争は畜類がするにふさわしい仕事だ。しかもどんな畜類も、人間ほど戦争をするものはない」（トマス・モア）

「将来の戦勝は勝利に終わるのではなく、相互の全滅に終わるのだ」（バートランド・ラッセル）

こうした警句が死文となる日を、心から望まずにはいられない。そして、この国が人類の最悪の愚行、破壊と殺傷の場に二度と再びならぬよう祈らずにはいられない。

老人の独り言が、ただの寝言ですんだら、それにこしたことはない、とつくづく思う。

話のくずかご 26
2000.2

共生

去年今年　貫く棒の　如きもの

と詠みきった高浜虚子は、こんな一句も残している。

年改まり　人改まり　行くのみぞ

ここには、なんのためらいも不安もない。詩人の透徹した視座と、揺るがぬ人生哲学がある。

ミレニアム、Y2Kと、聞き馴れぬ言葉が飛び交った去年今年。電気もガスも水道もストップするかも――。コンピュータの誤作動でデータが完全に消滅し、預貯金がゼロになるかも――。「貫く棒」を容赦なくブッタ切るさまざまな憶測が巷に乱れ飛んで、つい心ならずも非常時用の食糧や日用品類を買いに走った善良な人々も少なからずいた。

一方、他愛ないこんな笑話も耳にした。ステーキの焼き方加減、「レアにします？　それともウェルダンで？」と聞かれ、思わず「いえ、ミレニアムで」と答えてしまったおばさま。それでもちゃんと思い通りの焼き加減でステーキが供されたとか。以来、その人の愛称はマダム・ミレニアム。さぞ何とも言えぬ味わい深さだったに相違ない。

さて一九九九年から二〇〇〇年へ。ここではやはり虚子に見ならって、「行くのみぞ」ときっぱり言い切ることにしようか。

暦（こよみ）を改め、気持も新たに「行くのみぞ」の心意気は良しとするも、我々の日々の暮らし向きはカレンダーが変ったからとて、たちまち一新しようはずもない。ミレニアムウエディングを決行した新婚夫婦ならいざ知らず、大方の人々にとっては、寝て、起きて、食べて、働く、昨日・今日・明日の繰り返しがまた続く。

父みとる　母居眠りて　去年今年　相馬遷子

年迎ふ　とぼしき銭を　数へつつ　志摩芳次郎

新年の　ゆめなき夜を　かさねけり　飯田蛇笏

こんな情景が、決して他人事ではなく、我が身のことのように思える人もいるはず。五年の歳月を経てもなお、生計の目安もままならず、心の傷も癒えぬと語る阪神・淡路大震災の被害者の去年今年を思わずにはいられない。

夏目漱石のようにアッケラカンと「初夢や金も拾わず死にもせず」と達観し、淡々と我が道を行く人もいよう。現在のように本当に先が見えにくい世の中では、それも一つの身の処し方、潔い生き方かも知れない。しかし、それが叶うのも、ある程度恵まれた人だからと言えなくもない。同じ句を、もし、リストラされ、ホームレス暮らしを余儀なくされた人が詠んだとしたら、そのニュアンスは全く別の様相をみせてくるのは疑いようもない。

脱ぎかへて　去年（こぞ）を今年や　初湯殿　百中

たとえ貧しくても、こんな風に心豊かに年を越せたら、それこそ至福といっていいのかも知れない。

新しい時代を読み解く鍵はなにか？　複雑にからみ合う巨大迷路の中で、誰もが出口を探しあぐねている。「もっと光を」はゲーテの最後の言葉だが、新時代の行く手を示す曙光は、いかにも微かで、おぼろだ。

自分のおなかにいる寄生虫を「キヨミちゃん」と呼ぶのは藤田紘一郎さん。『笑うカイチュウ』『清潔はビョーキだ』『バイキンが子どもを強くする』などの著作で、ゆき過ぎた「きれい好き症候群」に〝ちょっと待った〟の声をあげた寄生虫博士である。

過剰なまでの清潔さへのこだわりが、アトピー症や花粉症など、三〇年前にはあまりみられなかった病気をひき起こしている一因なのではないか。日本人の、あまりのキレイ好きが人の健康を守る善玉の細菌、ウイルスなどまでも遠ざけて、本来人が持つはずの免疫システムまで弱めてしまったのではないか。キレイ好きもほどほどにして、微生物ともうまく共生していくのが必要、と藤田さんは主張する。

クサイ、キタナイの「きれい好き症候群」は、今やバイキンから対人関係にまで広く伝播して、ギスギスした風潮を社会に生み出すまでになっている。藤田さんは、その責任の大半は企業による悪しき商品コマーシャリズムにあると手厳しい。

発汗、体臭など、ごく自然な生理に過度に敏感になる。生身の自分をありのままに受け入れられない、現実と正面から向きあえなくて、ひたすら自分の臭いを消すことのみに集中する。人格、能力以前に、いつかクサイ、キタナイが一切の価値基準になってしまう。３K・３高など、職業選択や結婚の条件にも、あるいは年令・障害などの身体的特徴だけで相手を評価しようとする対人関係に至るまで、それは歪んだ影響を与えている。さらには、他者と生身の触れ合いを避け、対面性を嫌い、覆面性、匿名性に逃げ込もうとする。携帯インターネットの急激な普及の陰には、便利さは勿論だが、こうした精神病のありようも、全く無関係ではない、と思うのは、私の勝手な独断であり、偏見だろうか。

背を向けて　逃げる自分を追いかける
弱い自分を　許さぬ自分が
（和歌山・松原左京）

ケイタイの　メールで送る　文字よりも
言葉で言いたい　ホントの気持ち
（兵庫・前川由佳子）

ボランティア　軽い気持ちで　始めたら
救われたのは　自分の心
（山形・丹野たき子）

これは今年で一三回目になる現代学生百人一首。高校二〜三年の作品である。若者たちも気づきつつあるのが嬉しい。

共に生きること。クサイ、キタナイなどは当り前の生理、命の営みとして受けとめて、四つに組んで生きること。地球上の生あるもののすべてと手をたずさえて――新しい時代へ向けての、まずはこれを座右の心構えとしたい。

話のくずかご 27 2001.2

百人百一脚

英国の物理学者スティーブン・ホーキング博士が、最新の自著で、人類は今後一〇〇〇年以内に災害もしくは地球温暖化のために滅亡すると警告し、唯一助かる道は、どこか別の惑星に移住することだと考えていることを明らかにした。博士は気温の上昇でいずれ地球も煮えたぎる硫酸に満ちた金星のようになると予測したというのだ。

このニュースが流れた同じころに、やはり気になる記事をいくつか新聞紙上で見つけた。

一つはヒマラヤの氷河が、この二五年間で大きく縮小し、しかもその速度が、最近の五年間は特に急激なこと、そして氷の量も、一九七四年以降二〇年間で六二〇〇万トン、全体の一三％が減少し、それにつれて流域の湖が年々増加と拡大をつづけ、決壊も心配されるという。名古屋大学大気水圏科学研究所の調査である。

もう一つは気象庁の観測。昨年九月十日、南極大陸上空のオゾンホールが二九一八平方キロと過去最大を記録。オゾンの破壊量も九月十二日に九六二二万トンの観測史上最大を記録し、高度一五～一九キロ付近のオゾンはほぼ完全に破壊されているという記事だ。

そしてアメリカのCNNテレビによると、南極に近い南米チリ南部の保健当局が、九日オゾンホールを通って地表に降り注ぐ有害な紫外線が危険なレベルに達しているとして、住民一二万人に日差しの強い午前一一時から午後三時までの間、外出を控えるよう警報を出したという。その紫外線レベルは七分間で日焼けを起こす強さともいう。

深刻なことは、これらが単なる自然現象、いわゆる天災ではなくまさに人災であるという現実だろう。

パンドラの箱の底に、まだ希望は残されていた。しかし、この先、行き止まり、とわかってしまったら、誰が前へ進もうとするだろう。不毛の土地と知ったら、おそらく種まく人もあるまい。

それがたとえ一〇〇〇年の執行猶予つきにしても、もはや地球上のすべての種の絶滅は避けられないと宣告されたら、我々は、どのように残された時間を生きればよいのだろうか。そして、その予兆が、すでにいくつか表われはじめているとしたら。

たたかって精いっぱい生きるか、もう成るようにしかならぬのならと気楽に流されて生きるか、ヤケっぱちでしたい放題無法に生きるか、無気力にただ呆けてセミの脱けがらの如く生き長らえるか、自らの命をさっさと絶つか。選択の道は、それこそ人さまざまに違いない。

二一世紀も、ハムレットのひとりごとは古典的な疑問として生き永らえそうである。ともかく天が落ちてくる。それをあながち杞憂と一笑できぬ時代の病理が、事件をひき起した本人にさえも明確な理由が分らぬ不条理な犯罪の多発に重い影を落しているようにも思えてならない。

ホーキング博士の予測がどうであれ、残された最大の希望は、それが人災であること、これからの我々の努力次第で、その予測をくつがえすことも可能だということにある。新しい一年一年を、終末へのカウントダウンではなく、新生に向けてのカウントダウンへと、一刻も早く転換することである。

大人になりたくない、と高校三年生の四割が答えたリクルートの調査。学校生活は息苦しい、自分の居場所がないと、高校生のやはり四割が答えた東京小金井市の調査もある。

どこに出口の見つけようもない若者の姿が浮かびあがってくる。彼らにとって青春は、空しさと同義語なのだ。

少年よ、大志を抱け。君たちの未来は、こんなにも大きな可能性に満ち溢れている、と光り輝く将来を約束できるクラーク博士は、もうすっかり過去の人なのだろうか。

ともあれ、ただ「勉強しなさい」と呪文のように繰り返すだけでは、なんの曙光も見えてこないことだけは確かだ。

問題は、これら高校生の目に、大人たちが夢も自由もなくした、世間体ばかりを気にする、純粋な心を失った、本音と建前を使いわける、卑小な存在と映っていることだ。

まさに問われるべきは、我々大人たちの生き方なのだ。彼らは我々自身を映し出す正直な鏡でもあるのだ。

「大人たちよ、背筋を伸ばそう、まっすぐ未来を見つめよう。勇気と自信と限りない希望を抱いて、おのれの道を切り開こう」

現代のクラーク博士は、こう、オールドボーイたちに呼びかけるに違いあるまい。

年の暮れテレビで「三〇人三一脚」という番組があった。小学校六年生の男女三〇人が、肩を組み、足を結びあって、二五メートルを一線になって駆けぬける単純な競技だ。一〇秒前後で勝敗もあっという間に決まる。しかしゴールするまでの経過にこそ、この競技の大きい持味がある。

スポーツの苦手な子、足の遅い子、背の高い子、低い子、太っちょもヤセっぽちも、とにかく三〇人が気を揃え、呼吸を合わせて走るのだ。一人でもコケれば勝ち残るのは無理だ、足のひもが解ければゴールも遠のく。

練習を通して子供たちがいろんなことに気づき、考え、互いに声をかけ合い、友達を思いやって、自主性も高くなっていくという。この一体感に、クラス崩壊も、いじめもありえない。もちろん全国制覇をめざす訓練だが、この競技にこそ、参加することに意義がある、と金メダルを贈りたい気がする。

二人三脚どころか一人歩きすら満足にできない人がふえている。まず二人、三人から始めて、三〇人、五〇人、百人百一脚と肩を組み、足並みを揃えることができれば、未来はもっと明るくなるはずだ。

「生きることに意義がある」。みんながそう実感できる世界になってほしい。

俺ァこの眼で
見ただよ
キチやらゲンパツやら
受けいれて
村が消えてくのを……
のこしていいもんと
のこしちゃならねえもんの
区別すらつかねえ
野伏せりだらけの都は
狂うとるだ…
拒むべす!!
燃えていねえのは
山を守った
その村だけだったただ…

原子の火を、プロメテウスの火に譬えた人がいます。プロメテウスは天界の神々の国から火を盗み出して人間に与えたために、ゼウスの怒りをかい、コーカス山の岩肌にハリツケにされて、鷲に肝臓を食いちぎられる責め苦にあいます。原子の火はまさに人間が向こう見ずにも神々の領域を冒して造り出した火、神の怒りを呼びさます火ではないのか、第二のプロメテウスの火といえるのではないか、という比喩だったように覚えています。

プロメテウスのおかげで、火を使うことを知った時から、人類が新しい進化の時代に足を踏み入れたことは確かです。プロには「前の」の意味があり、メテウスには「考える」の意味が含まれています。プロメテウスは文字通り「先のことを考える、前もって考える」知性の神として、火だけでなく、人間に文字を教え、気象観測や数学、牧畜、建築、造船などの知恵も与えたとされています。無知、無謀な火遊びで足を踏み外さぬよう、プロメテウスは人間に知性をあわせ持たせようと考えたのでしょう。

臨界事故発生直後の東海村は、ゴーストタウンを思わせました。それも一瞬にして住人全員が神隠しにあったような、奇妙な無気味さを覚える光景。防ぐすべも解らない。ただ、じっと息をひそめるほかない。が、それとても絶対安全とは限らない。事故の調査が進むにつれ、あまりもズサンな、とても核燃料・神の火を扱う事業所とは信じ難い管理・運営の実態が明らかになりました。ここにもまた、時間を省き、手間を惜しみ、全く未熟な人間に作業をゆだねる企業の論理、経済効率が貫徹されていました。私たちが家電製品の待機電力をオフにするだけで、原発一基分は減らすことができるともいわれます。生活のありようも含めて、今後のエネルギー問題を、もう一度考え直してみる、プロメテウスも、きっとそれを望んでいると思うのです。

（二十世紀最終版一九九九年十一月・万華鏡）

昔から床屋と銭湯は、庶民たちが上は天下のご政道から、下は町内の娘たちの品定めまで、話に花を咲かせる、なによりの溜まり場でした。いわば、噂の情報発信源。そして瓦版。読売とも絵草紙、一枚摺ともいわれて、そのときの一番ホットなニュースを巷間に伝える、いってみれば号外。瓦版の名称が、一般的になったのは幕末ともいわれています。最も古いのが大阪夏の陣を報じたもの。天和年間では八百屋お七の事件があまりにも有名。以後、上方での心中事件、浅間大噴火、地震、仇討、米相場などが瓦版のネタにされ、幕末から明治維新のころには、政治的事件や社会風刺ものが多くとりあげられました。イチロー、野茂のアメリカ大リーグでの活躍が号外になったなんて、これも時代の反映でしょうか。

そこで『風呂屋の瓦版』。湯治の合い間のヒマつぶしに、また、そのみやげ話のご愛嬌にでもなればなによりと、肩の凝らないお話を中心にちょっぴりワサビを効かせたり、クスグリを添えたりしながらも、とりたてて天山のPRをするわけでもなく、値段もたったの十円。長びく不況を乗りきるために、リストラは今や当然すぎる経営戦略とみなされるのが時代の流れ。そんな常識に挑戦するように、一二年間、瓦版の発行を良しとしてきた背景には、何よりも店主の心意気、野天風呂に賭ける情熱がありました。ほんとうに根っからの温泉好き人間だな、と思うことしきりです。

いまや、ケイタイやインターネットで、メールやホームページが二四時間、網の目のように国境を越えて飛びかう時代。活字文化が衰滅するとは思いませんが、この瓦版もその役割を一応終えたと考えるに至りました。新しい世紀は始まったばかり。まだその先はハッキリしませんが、温泉はこれからもたくさんの人に愛され、親しまれつづけていくことだけは間違いないと思います。みなさんの幸運を祈って。

（二〇〇一年七月お開き号・万華鏡）

話のくずかご 28
2003.増刊号

時代おくれ

「なにスネてんです。年甲斐もなく。ほんとに依怙地で、ヘソマガリなんだから」と、これは最近、毎日、口癖のように、女房から言われるおコゴトだ。

茨木のり子さんの詩にある『時代おくれ』。


車がない／ワープロがない／ビデオデッキがない／ファックスがない／パソコンインターネット見たこともない／けれど格別支障もない／（中略）／はたから見れば嘲笑の時代おくれ／けれど進んで選びとった時代おくれ／もっともっと遅れたい

茨木さんほど自ら積極的に、時代にとり残されてやる、と心がけてる気は全くない。ただ、あまり必要を感じなかっただけのこと。で、ケイタイも持たない。

たとえ電車に乗っても、絶対にシルバーシートには近づかない。ドアにへばりついて外を眺めてる。

昨年、九五才で亡くなった伊藤信吉さん。最後まで時代に敏感な詩作と評論をつづけた。補聴器を〝私のイヤリング〟としゃれのめし、自らを老世紀人とも呼んだ。その詩『ケータイ通りで』。


ケータイが通ってる／ひっきりなし通ってる／おしゃべりケータイで通ってる／駅前交番の所で今ど

き風俗の流れを見てる／見てる私は／先刻買ったばかりの／パン包みを携帯してるだけだから安気なもんだが／（中略）／ケータイ流行／おしゃべり流行／風俗語なんぞ、どうだっていいが／私だって／ケータイしてる／「老齢」という消える「世紀」を携帯してる

　しかし、ケータイ漬けというか、ケータイ依存症ともいうべき新世紀病が流行っているのは否定しようもない。

　山での遭難やハイジャックなどで、ケータイが人命救助や状況把握に役立った事例は幾つもある。ひき逃げ事件で、ケータイのカメラが犯人逮捕の決め手となった場合もある。だから、ケータイが悪いとはゆめにも思わない、仕事柄、どうしても欠かせないことだってある。

　問題は使い方なのだ。と言ってしまっては身も蓋もないか。金属バットにしろショベルカーにしろ、もともと強盗や傷害、殺人に使うための道具ではないのと同じで。つまりはマナーが気になるほどに、ケータイが日常生活の隅々にまで行き渡ったということか。ケータイをオンにした瞬間、どうやらまわりの風景は消えてしまうものらしい。誰もが傍若無人とまでは言わないが、完全にその場の雰囲気となじまぬ異質の存在に、どうしても見えてしまう。その違和感はぬぐいようがない。

　パソコンやケータイによって、新しく世界がひらけるのは本当に結構なことだけど、願わくばメル友心中とか、怪しげな商取引がこれ以上広まってほしくないな、と思う。そんなニュースを耳にするたびに、ついつい進んで「時代おくれ」になってやろうかと茨木さんを真似たい気持にもなってしまうのは困ったことだ。

　出会い系サイトのメールとかには、どうしてもイカガワシサがつきまとうが、こんな素晴らしい使い方もあったのだ、と目からウロコで、メールやインターネットを見直した出来事にも出会えたのは、何よりの救いだった。

　イラクへの攻撃をこそ、くい止めることはできなかったが、新しい反戦・平和の大きなうねりは、二一世紀の幕明けを予感させもした。日本でも、年代や階層を超えた幅広いユニークな運動が展開されたが、その広がりと高まりに、インターネットやメールが、孤立した点と点とを結びつけ、大きな流れへと結晶させる役割をになった例をいくつも耳にした。何かせずにはいられない。でも、どうしたらいいのか判らない。そんな心ある人々に勇気ある一歩を踏み出すきっかけを与えたという。その人たちに、今、挫折感はないとも。

　パソコン教室の前を行ったり来たり。インターネットも捨てがたいなと、なぜか心が揺れ動く今日この頃だ。

小石川の赤ヒゲが
いってたよ
あらゆる病気に
治療法などない
できることは
貧困と無知に対する
たたかいだ、とね
病気のかげには人間の
おそろしい不幸が
かくれてる、か・・・
痛ましい事件も
人間の不幸が
つまってるんですね
学ヒと医療は
タダにしなきゃ

動くんじゃねえ
う…
かき回すな!ってんだよ

付録 新春

1 ふりだし産湯
どんぶらこっこ
つめたいけどネ
あれま
ドブン
ひと、はじめて「ゆ」と出逢う
2 わが子と家風呂
よしよし
パパ一番のおたのしみ
3 行水もまた楽しい
4 すずめ百まで踊り忘れず
しつけするのは今のうち
んこ
そうそう
5
五月五日はにほひよし
年に1度は菖蒲の湯
あしがらそだちよ
きんとき湯
6 うれし恥ずかしお年頃の日課は
朝シャン
おゆをたも
えらいこっちゃ
7 週に一度は銭湯の日
「ゆ」の作法は「処生」のこころ
8 脱ぎっ放しがアレッはしたないみだれ篭にも氏、育ち
4までもどり
9 暑気払いの桃湯

天山湯あがり
双六
10 湯船で カエル泳ぎ
1回休み
プールじゃないヨ
11 サウナかま風呂
たらりたらり 四六のガマの汗くらべ
12 湯疲れ 湯あたり ご用心 1回休み
13 温泉めぐり
「ゆ」の楽しさにめざめたり
14 じゃじゃ馬入浴
シャボン飛び散り シブキはね、ハタ迷惑
キャッ キャ
ハ〜イ シャンプーよ
ホイきた
7までもどり
15 ヤッホー やったネ 混浴だ ひとり天下でのぼせたり
WAKU
満員御礼
16 出歯亀 ふりだしに もどる
17 秘湯めぐり 猿もカニも湯ともだち
まま、お湯にいやっくに流してサ
ホントおけ
18 大トラ ほえて ハタ迷惑
ねこじゃ ねこじゃ
9までもどる
19 シモもすすがず かぶり湯もせず いきなりドブン!
ジャングルじゃないっつーの
7まで もどり
20 ユズ湯
肌もしっとり かぐわしく
しらゆきひめや ひとつどうだえ
むのうやくなら!
おふろに入れようっと
21 初湯
おめでとうが いい湯加減の 挨拶がわり
雲遊天山・粋雲一休 究極の「ゆ」は野天風呂にあり!
あがり

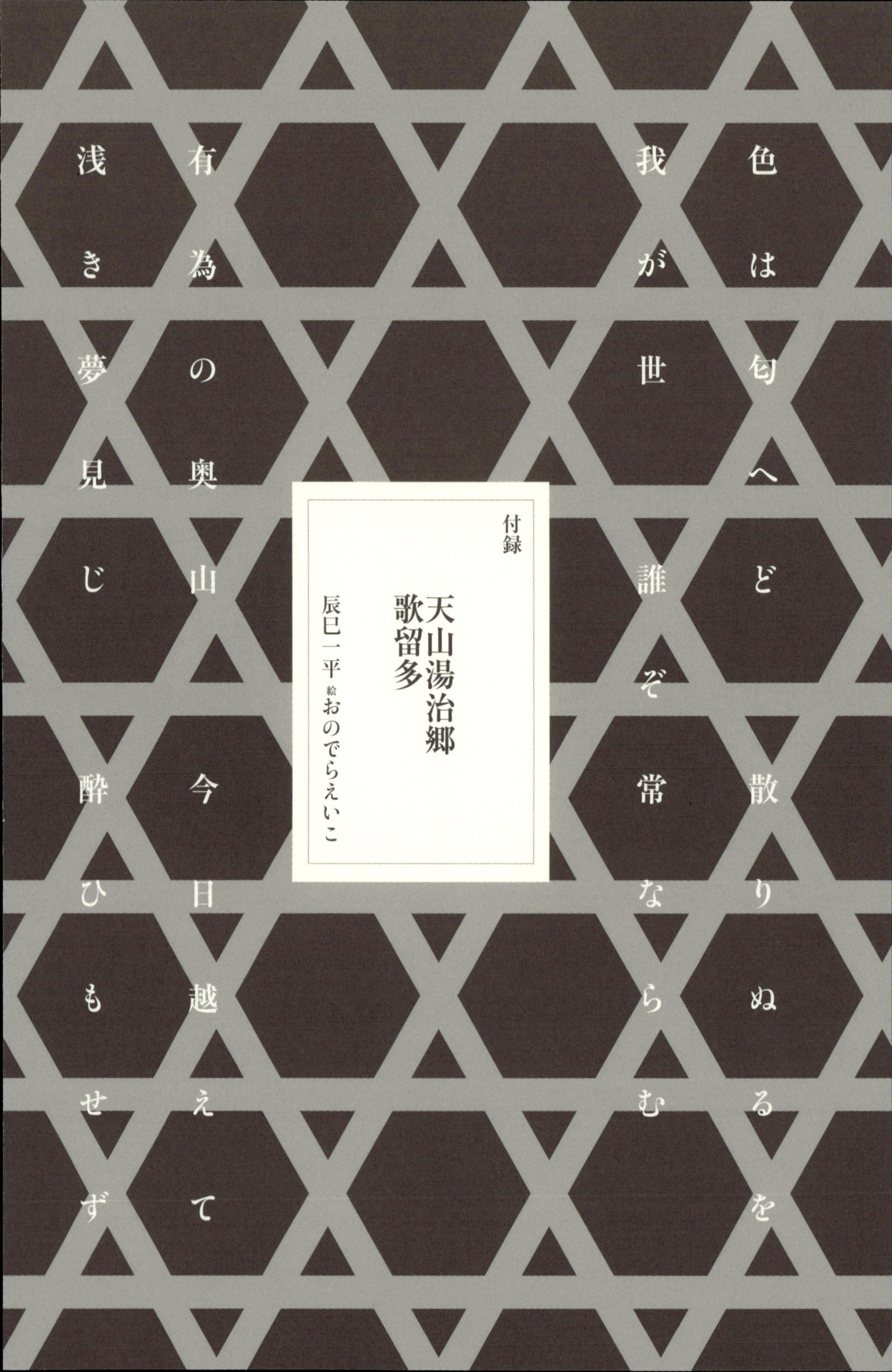
色は匂へど散りぬるを
我が世誰ぞ常ならむ
付録
天山湯治郷
歌留多
辰巳一平 絵 おのでらえいこ
有為の奥山今日越えて
浅き夢見じ酔ひもせず

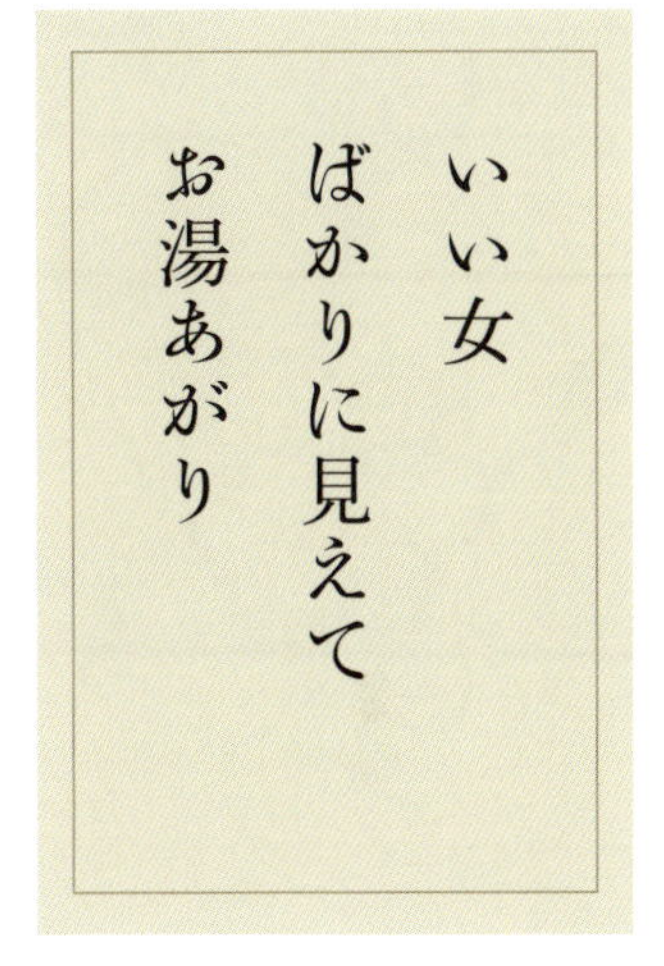

露天風呂
熊鹿猿も
湯友達

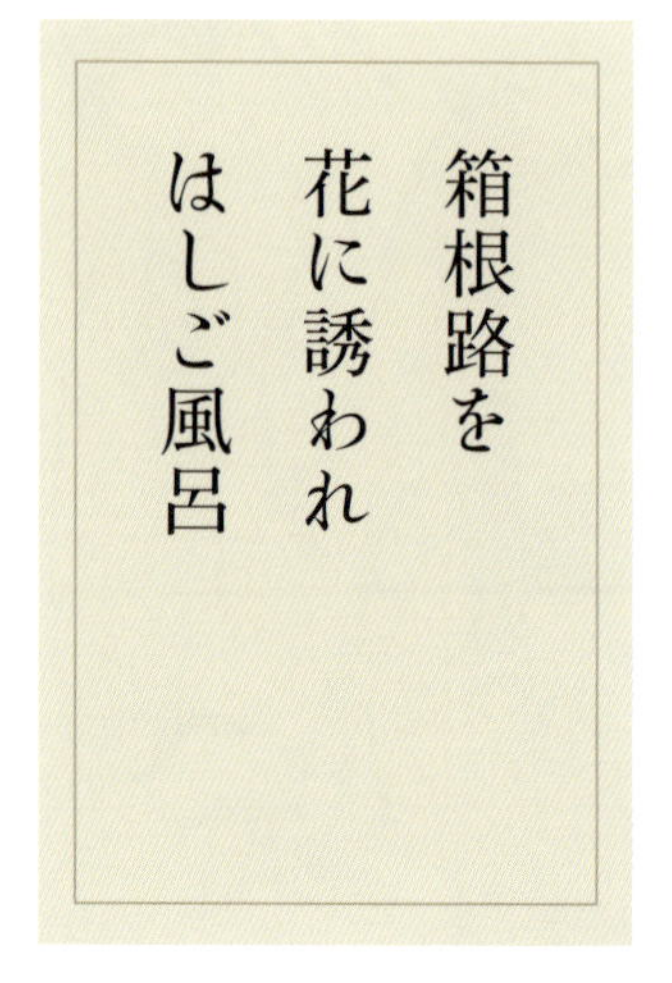
箱根路を
花に誘われ
はしご風呂

新妻は
子宝の湯で
湯あたりし

星月夜
湯ぶねを洗う
天の川

屁のぬしも
そ知らぬ顔の
気泡ぶろ

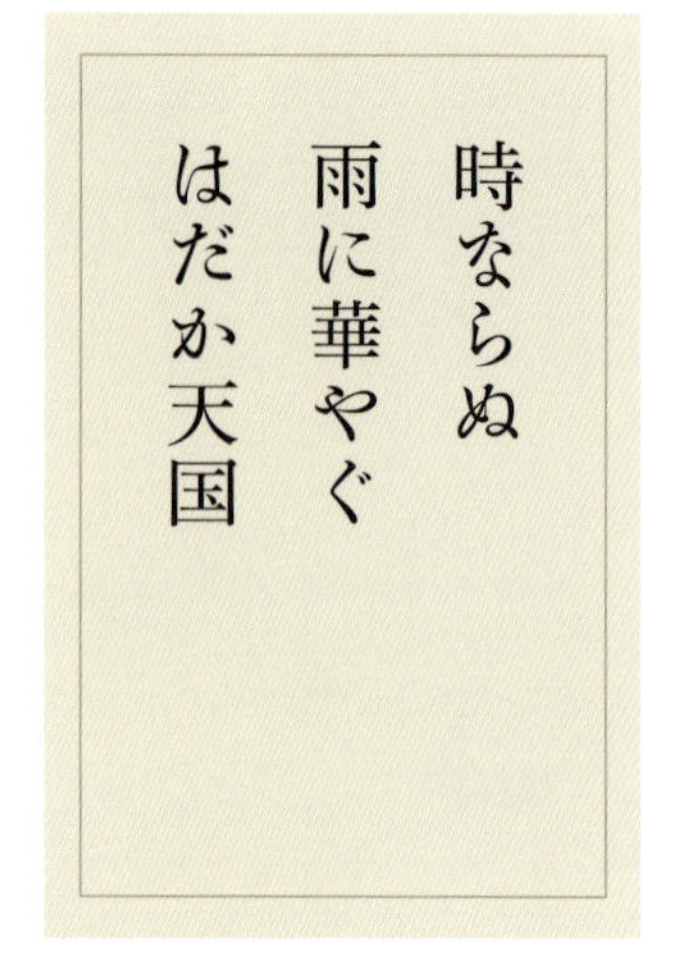
時ならぬ
雨に華やぐ
はだか天国

痴話喧嘩
湯殿でたがいの
背に流し

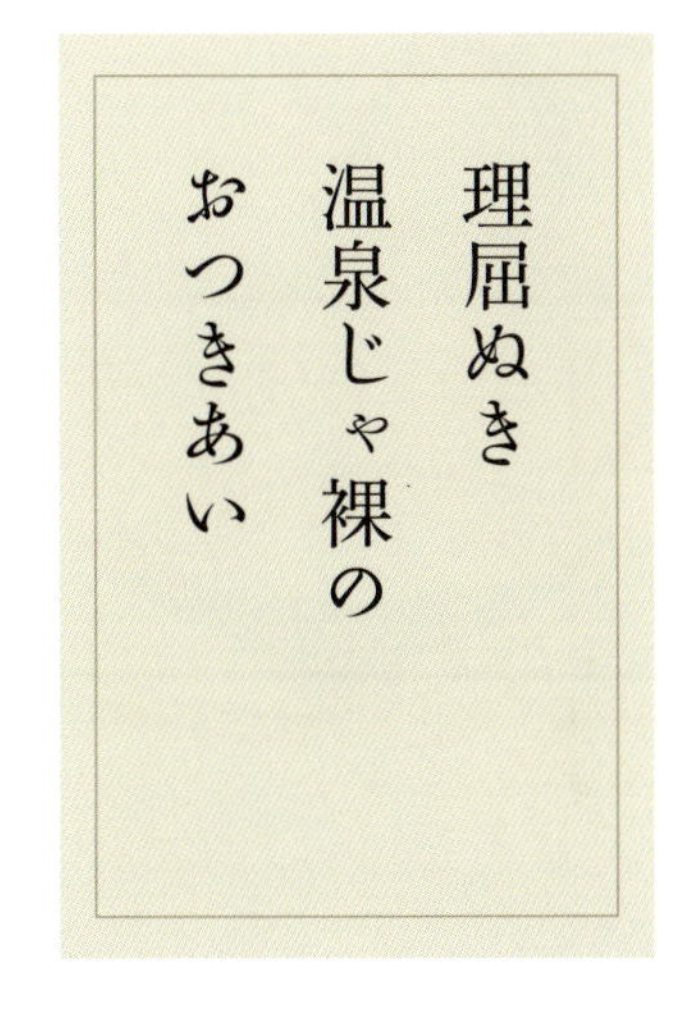
理屈ぬき
温泉じゃ裸の
おつきあい

脱ぎ捨てる
みだれかごにも
人となり

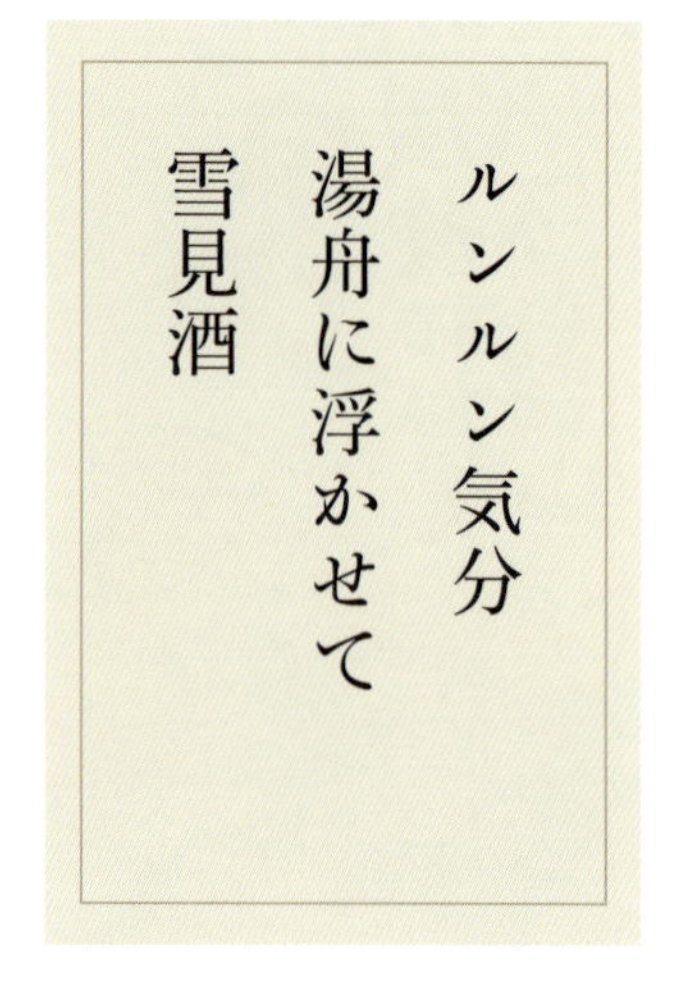
ルンルン気分
湯舟に浮かせて
雪見酒

温泉の
日替わりメニューで
寝正月

若やいで
どこかなまめく
夫婦風呂

釜風呂で
五右ェ門気取り
やせ我慢

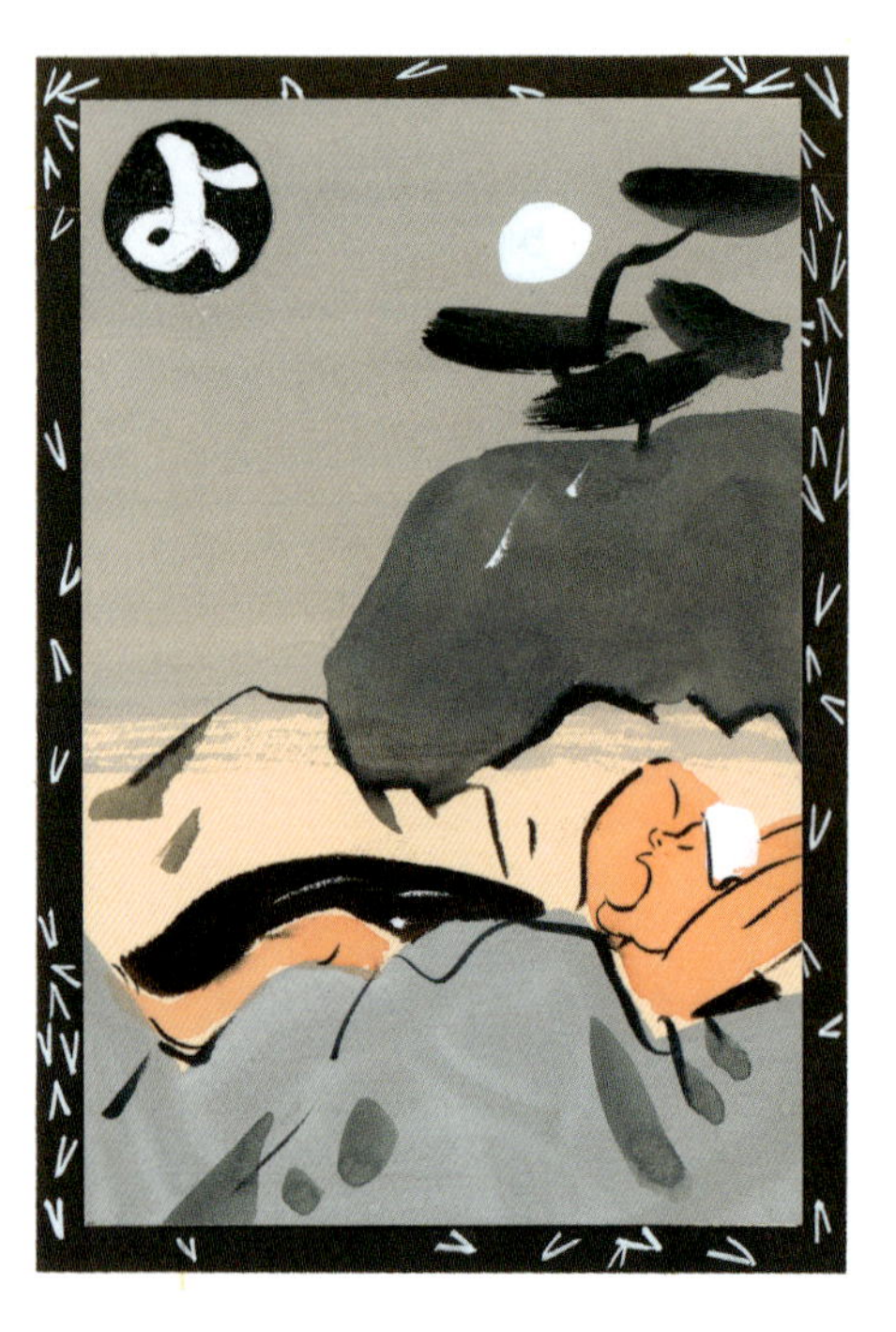

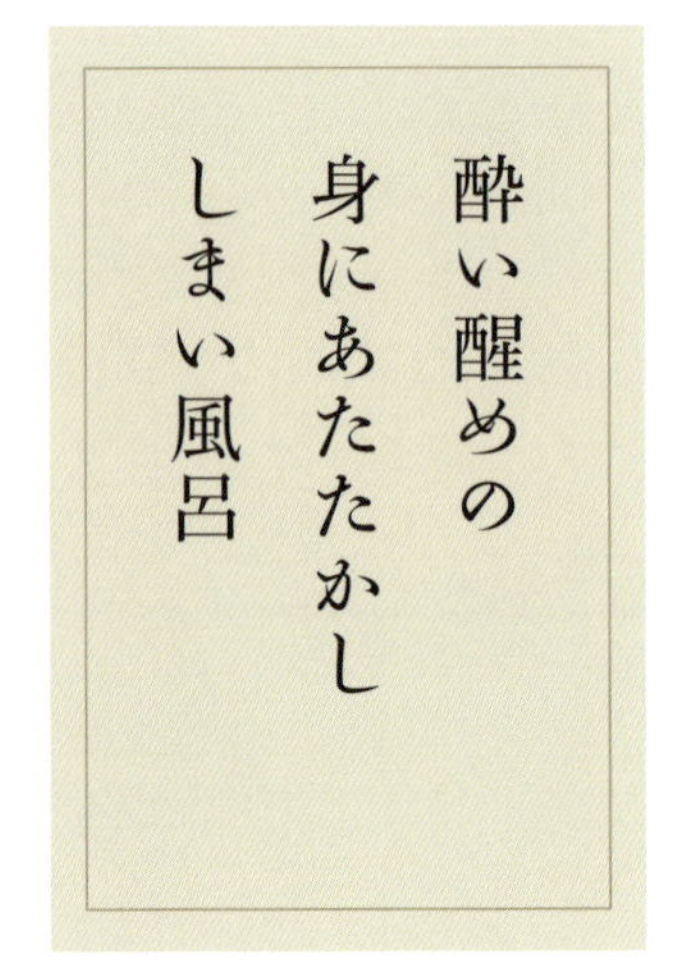

酔い醒めの
身にあたたかし
しまい風呂

たかが風呂
たかが温泉
されど露天風呂

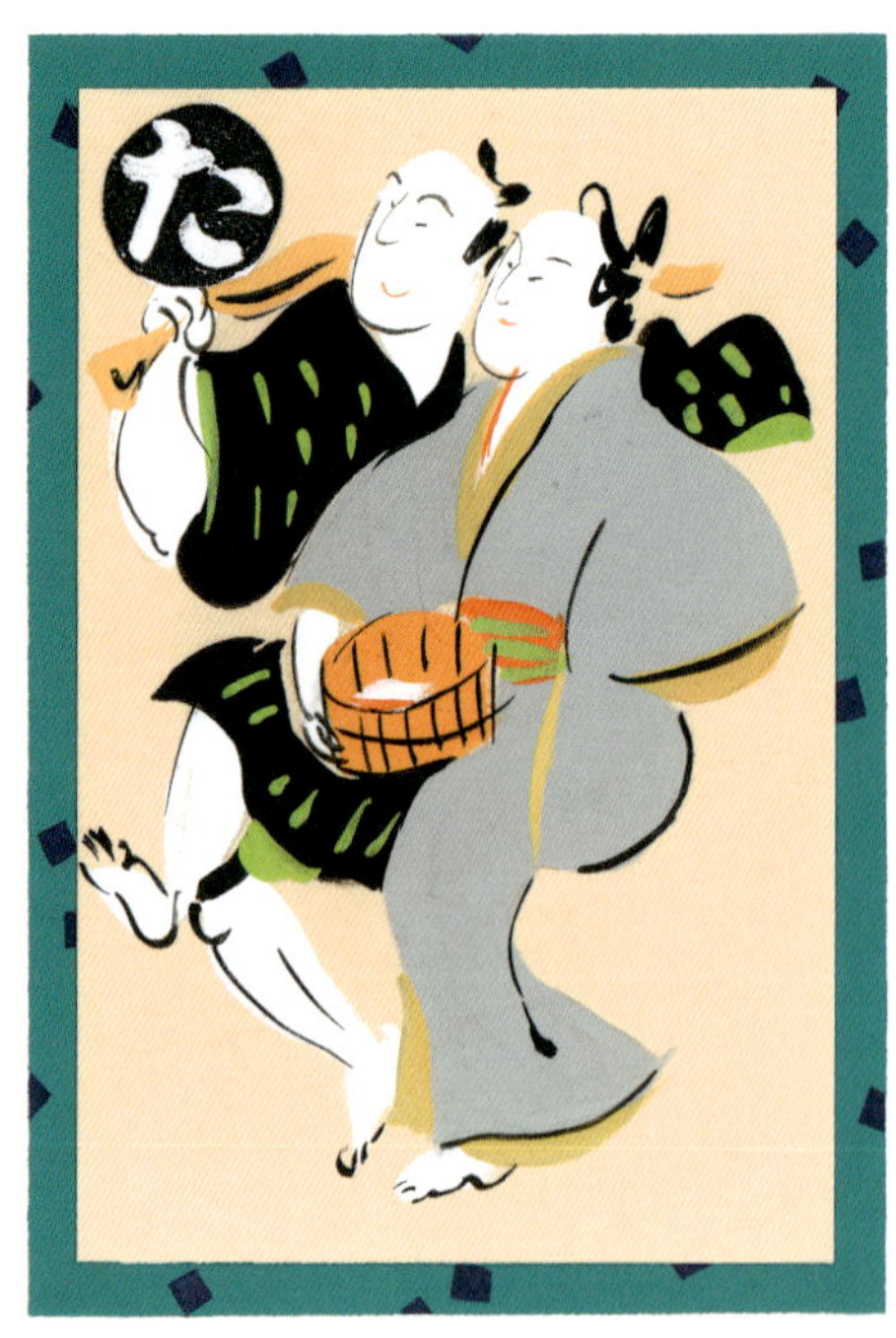

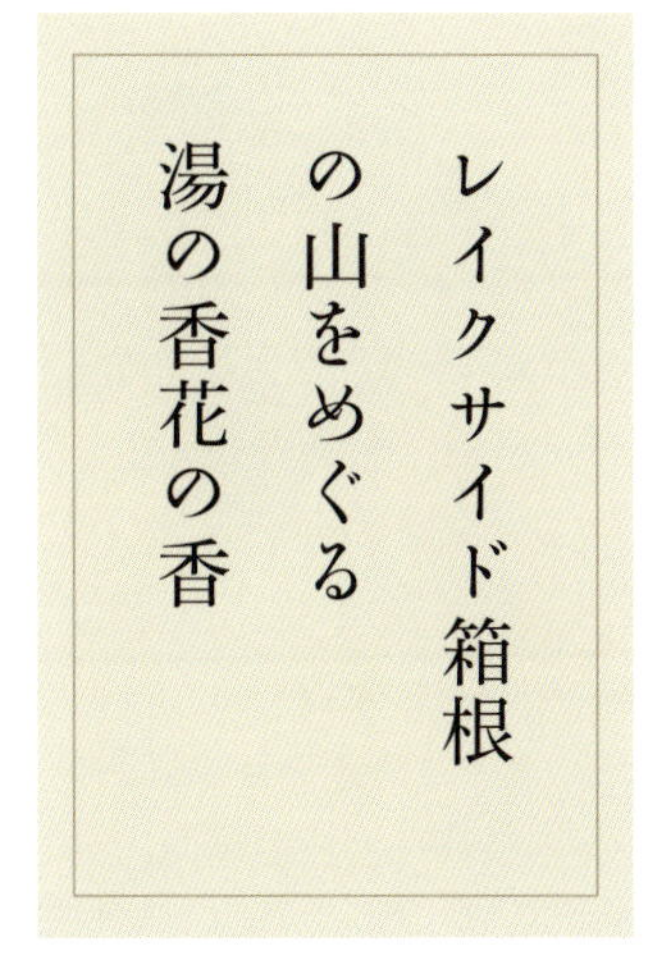
レイクサイド箱根
の山をめぐる
湯の香花の香

そっと前
隠す仕草に
お年頃

艶っぽい
妻に二度惚れ
めぐみの湯

念仏も
いい湯加減と
聞こえたり

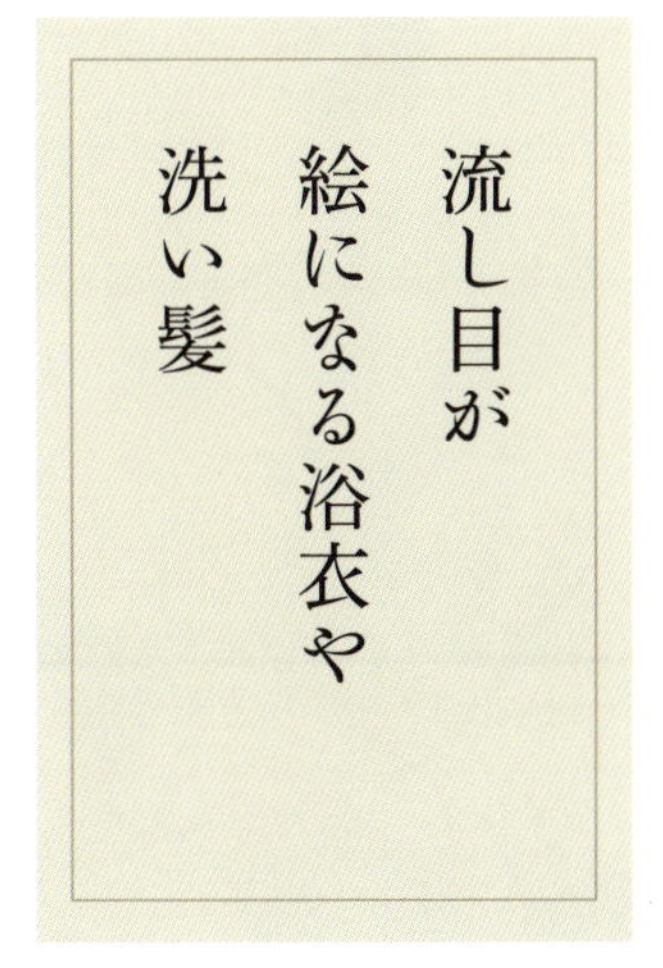

らっぱ呑み
のどの白さで
なまめいて

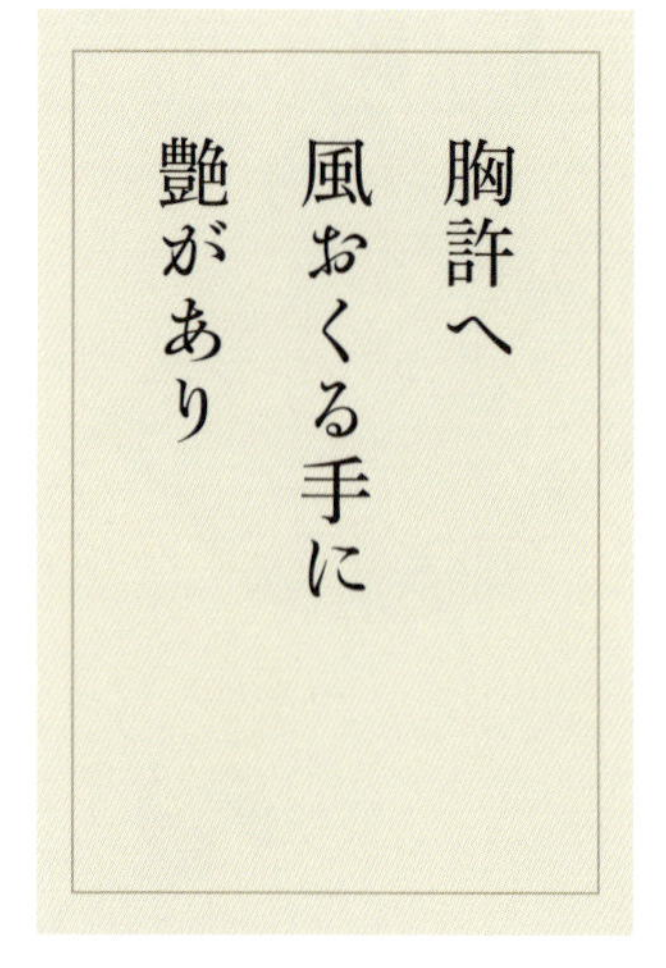
胸許へ
風おくる手に
艶があり

うすあかり
にじむ人影
みな美人にみえ

いい湯加減は
年齢に応じて
熱くなり

野天風呂
風の歌聴き
雲に問い

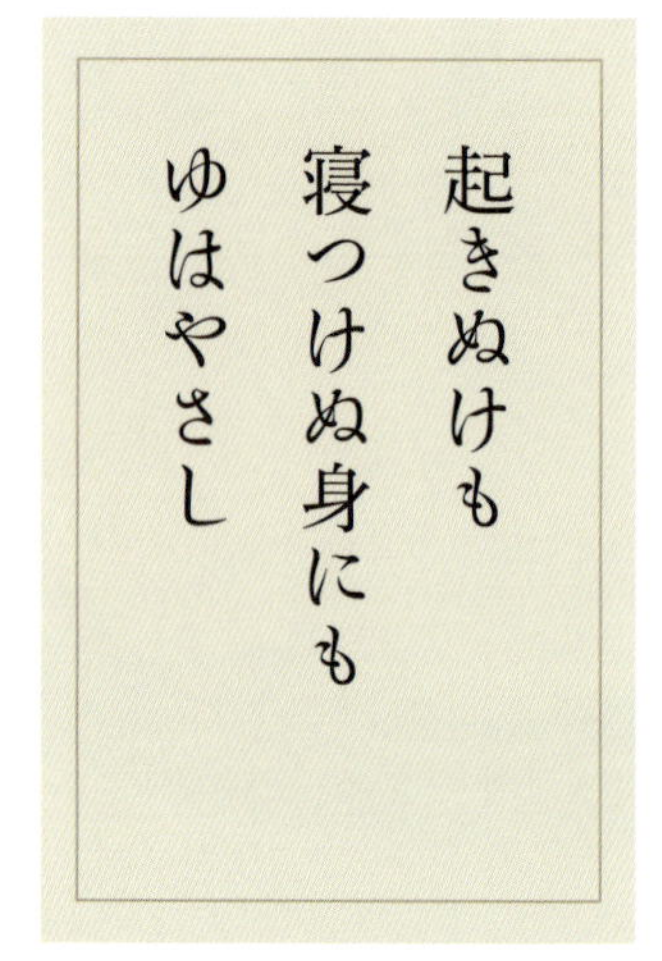
起きぬけも
寝つけぬ身にも
ゆはやさし

黒髪や
うなじまぶしく
匂い立ち

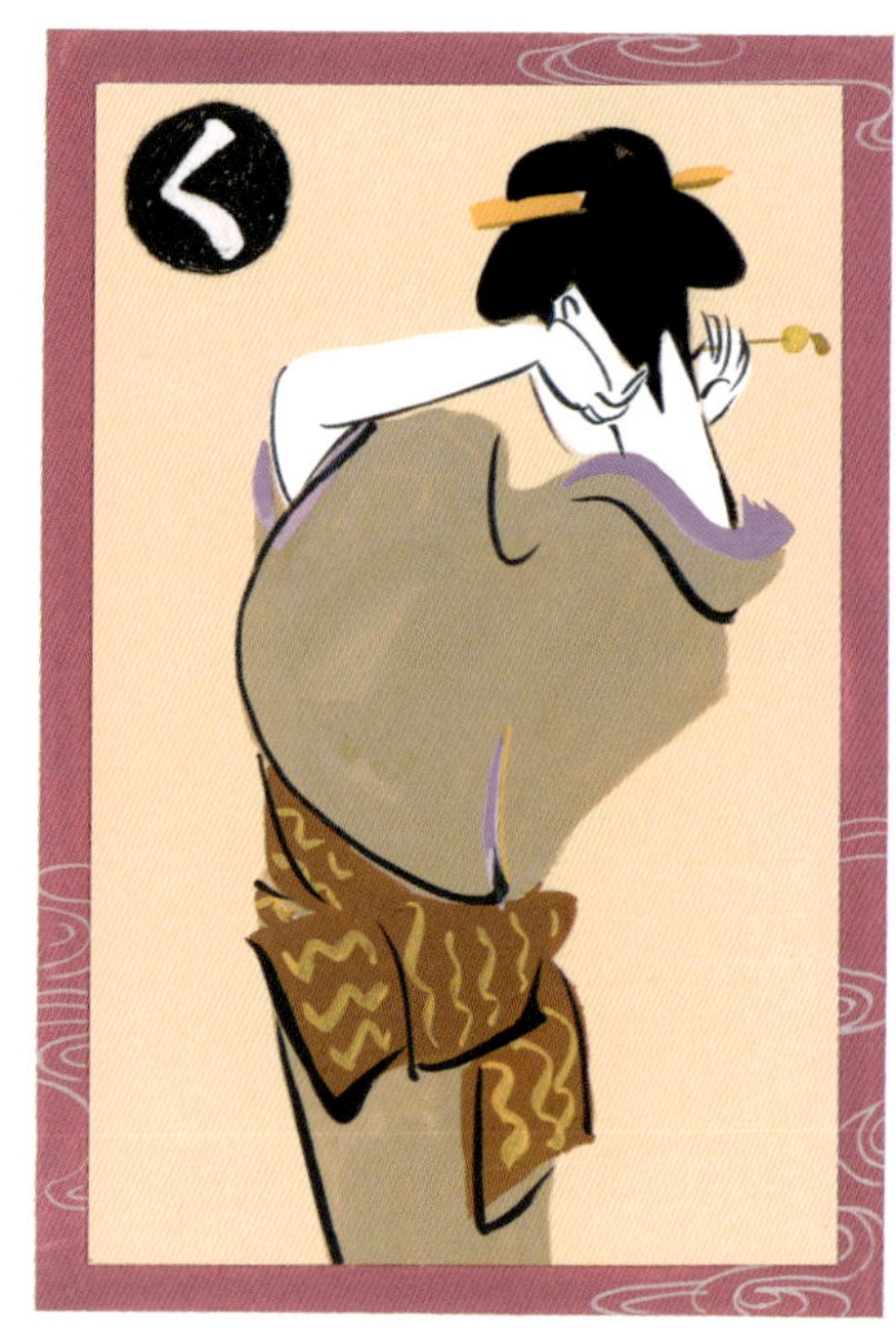

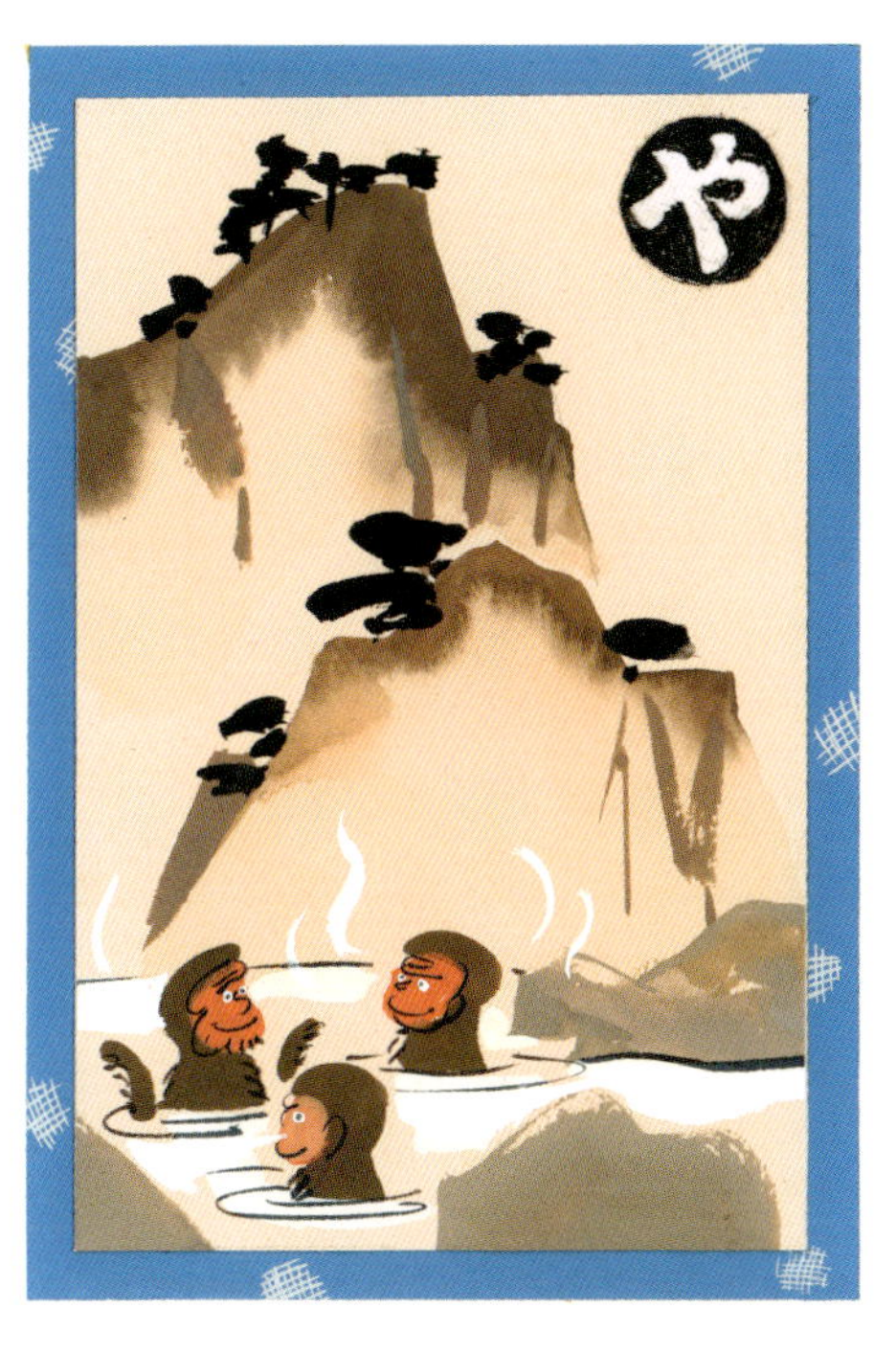

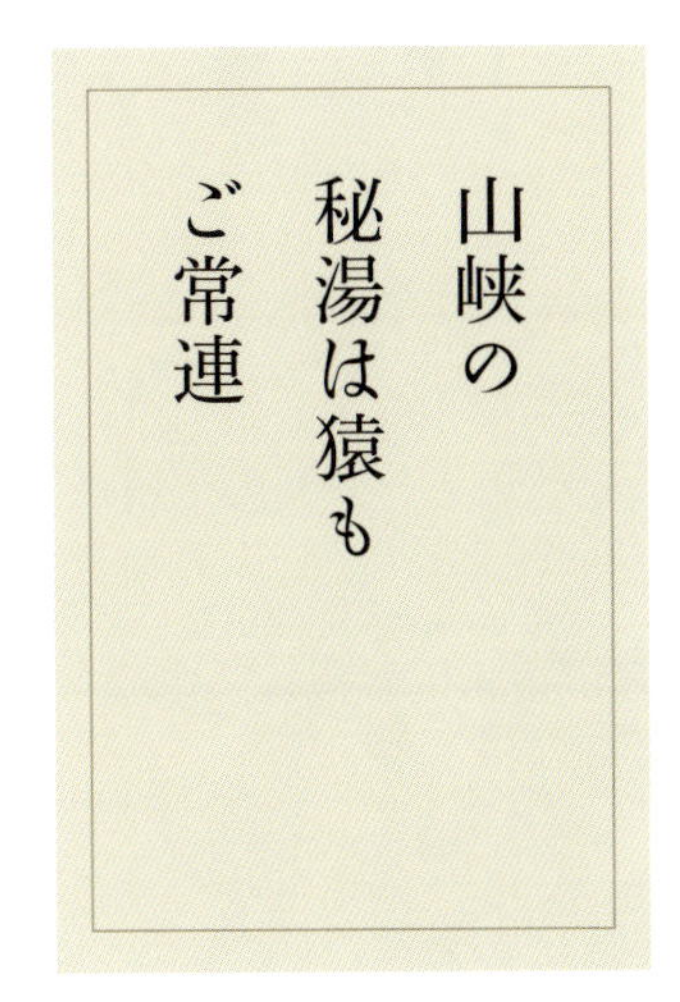
山峡の
秘湯は猿も
ご常連

真新し
木の香湯に満つ
檜風呂

化粧知らず
温泉（いでゆ）の女（ひと）の
色つややかさ

風呂桶の
音賑やかに
こだまする

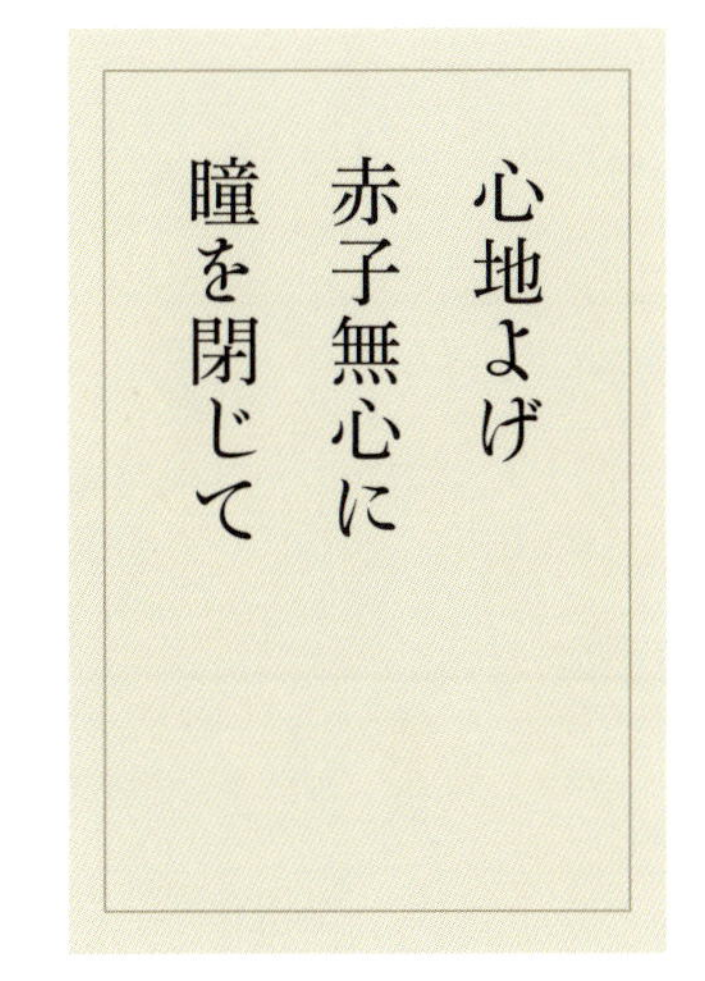

煙突の
いまは懐かし
下町の湯

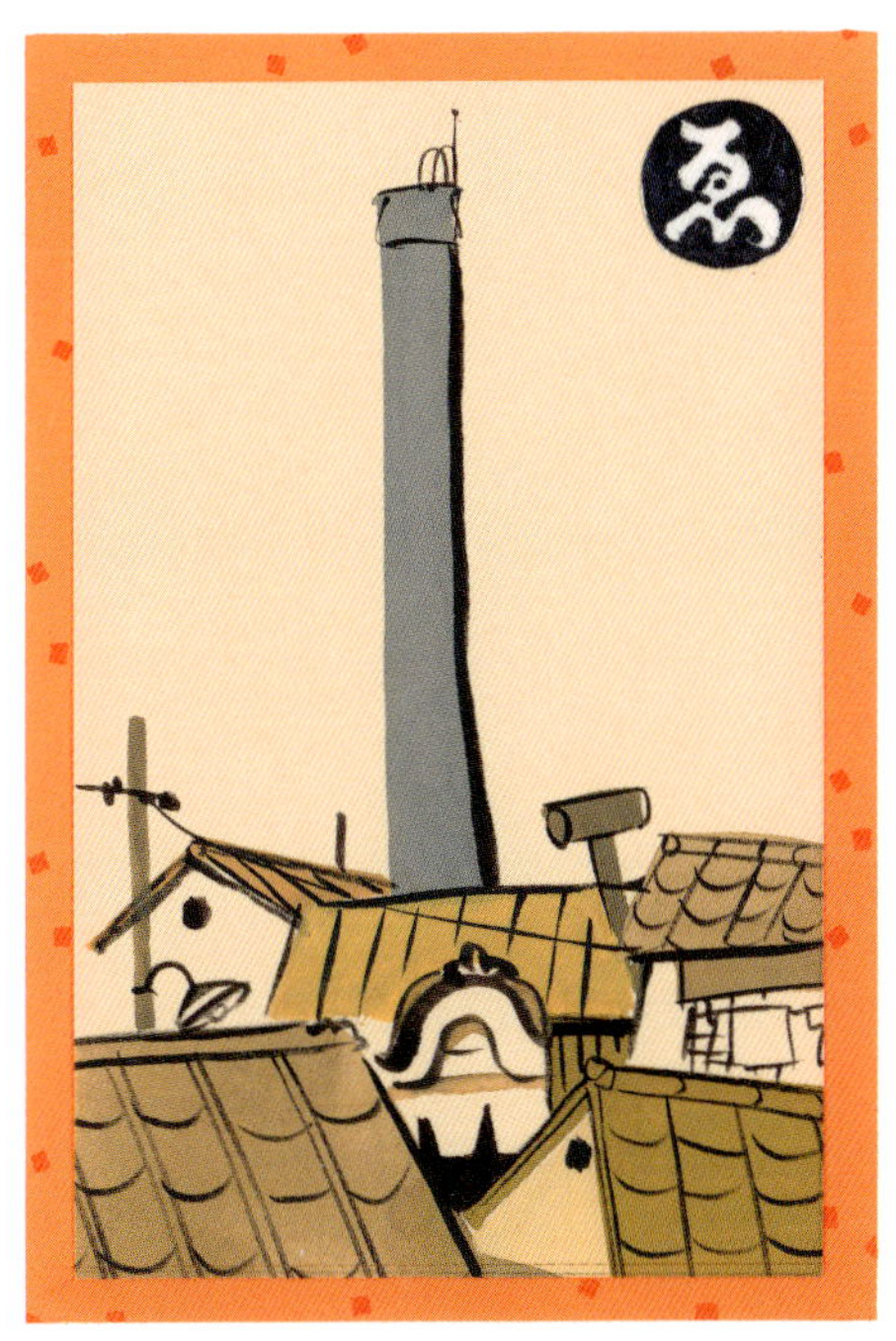

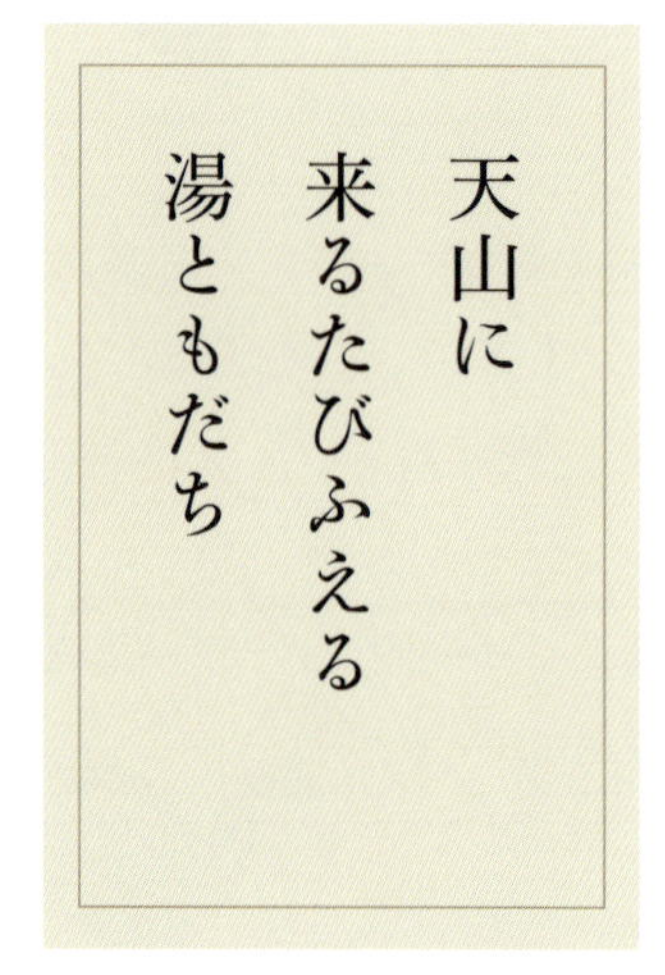

朝雪が
とけてほどよい
湯加減で

さんざめく
宴(うたげ)ぬけだし
湯をひとり占め

気苦労も
いつしか晴れる
湯の不思議

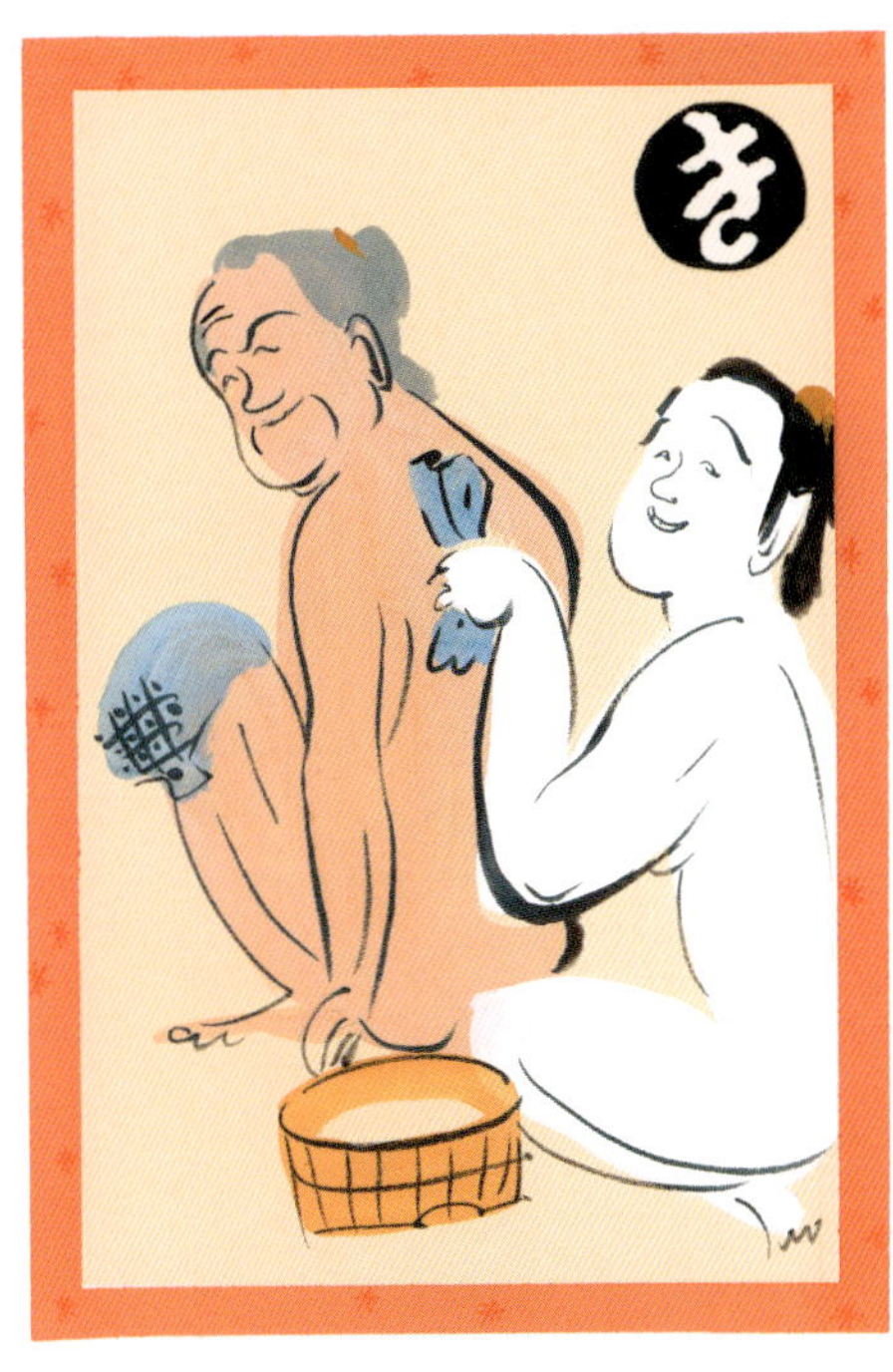

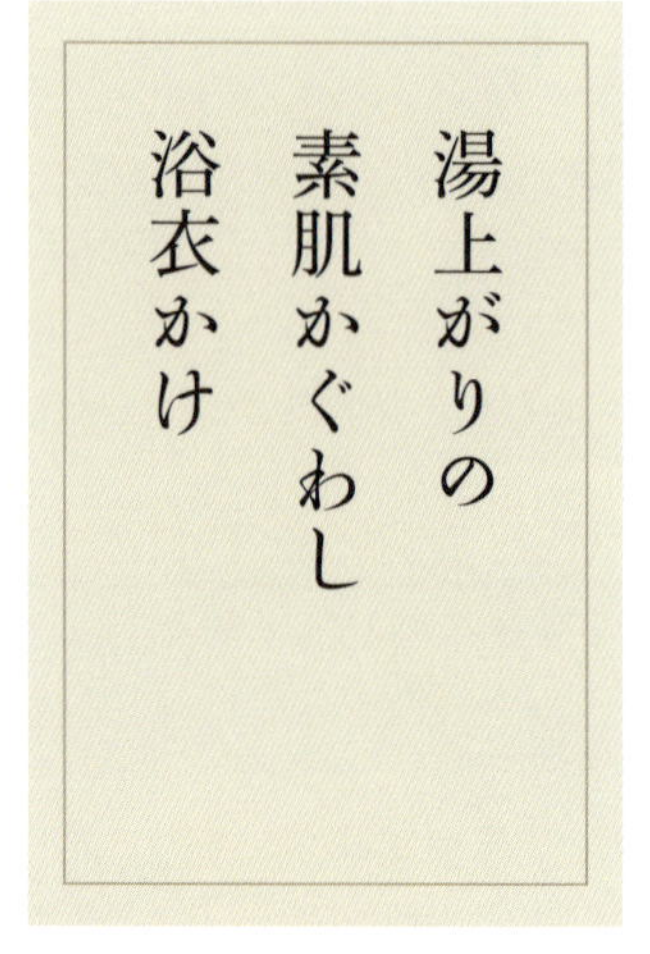

名湯の
みやげ定番
まんじゅう玉子

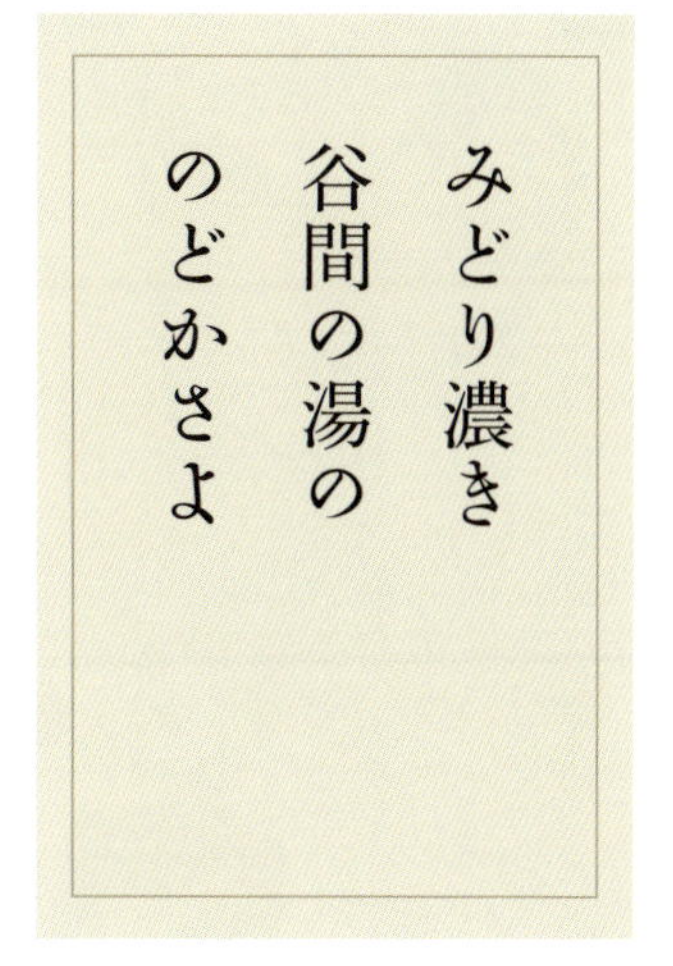

しっとりと
尽きぬ思いや
きぬぎぬの湯

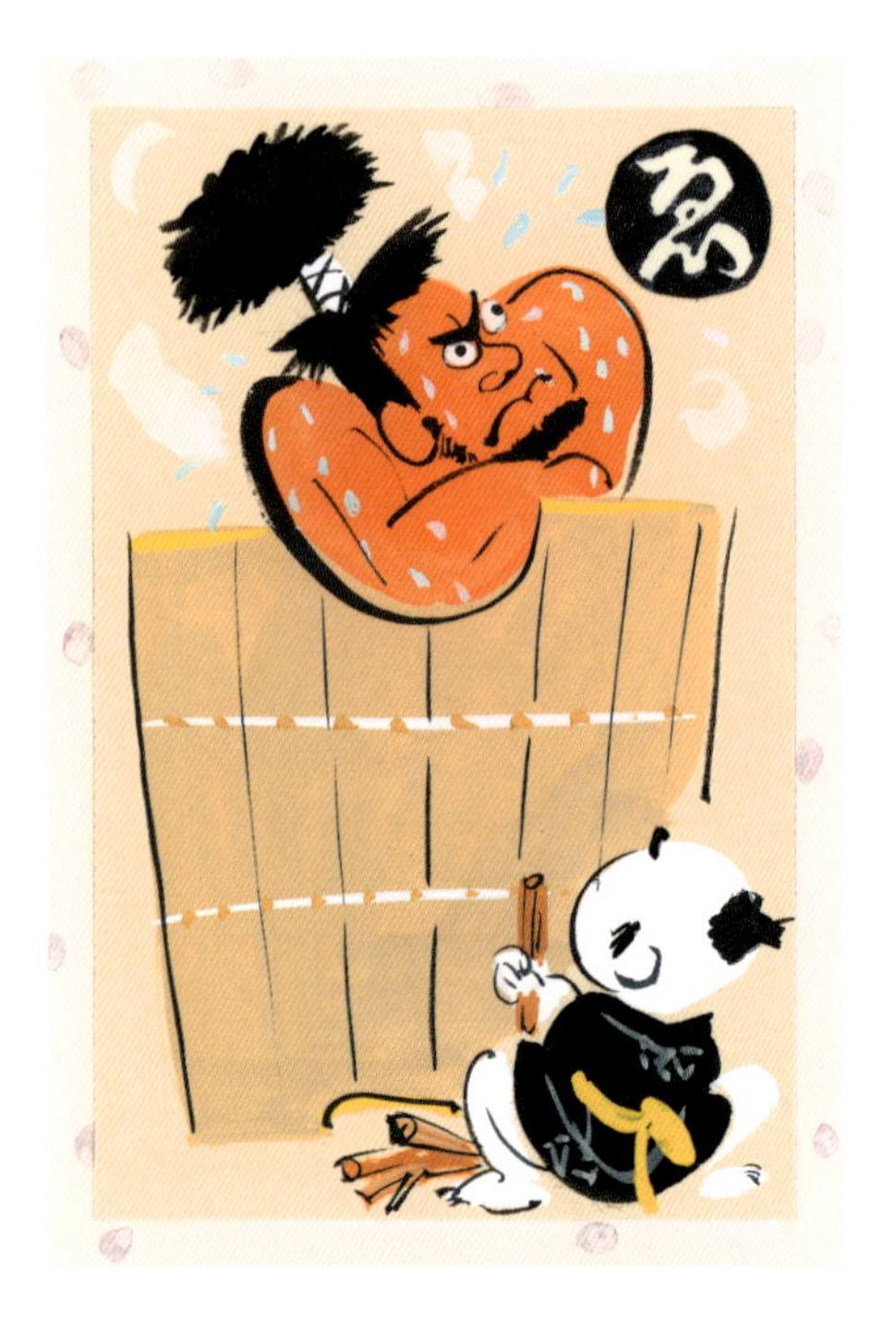

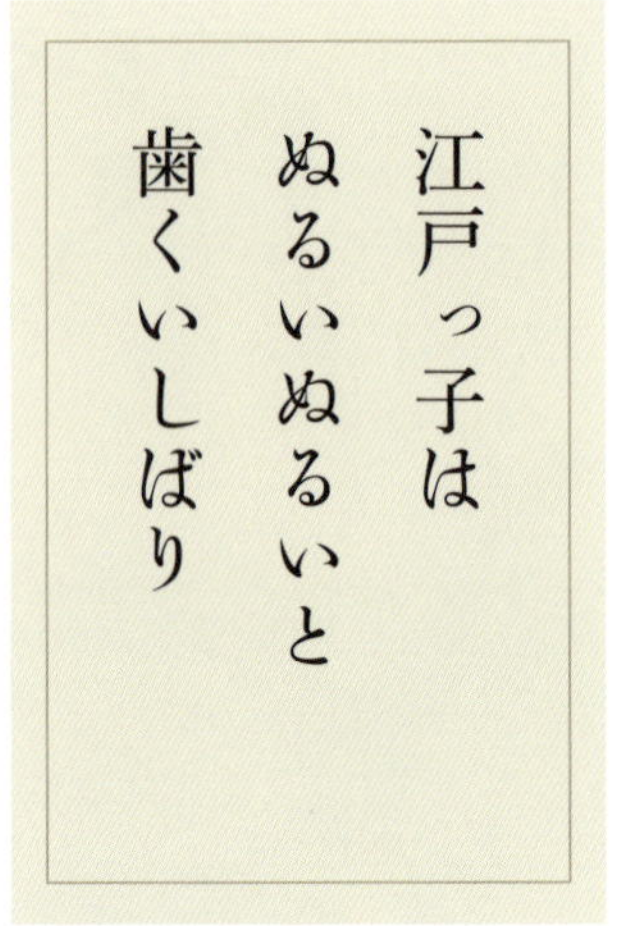

江戸っ子は
ぬるいぬるいと
歯くいしばり

ひざまくら
横目でねめて
ひじまくら

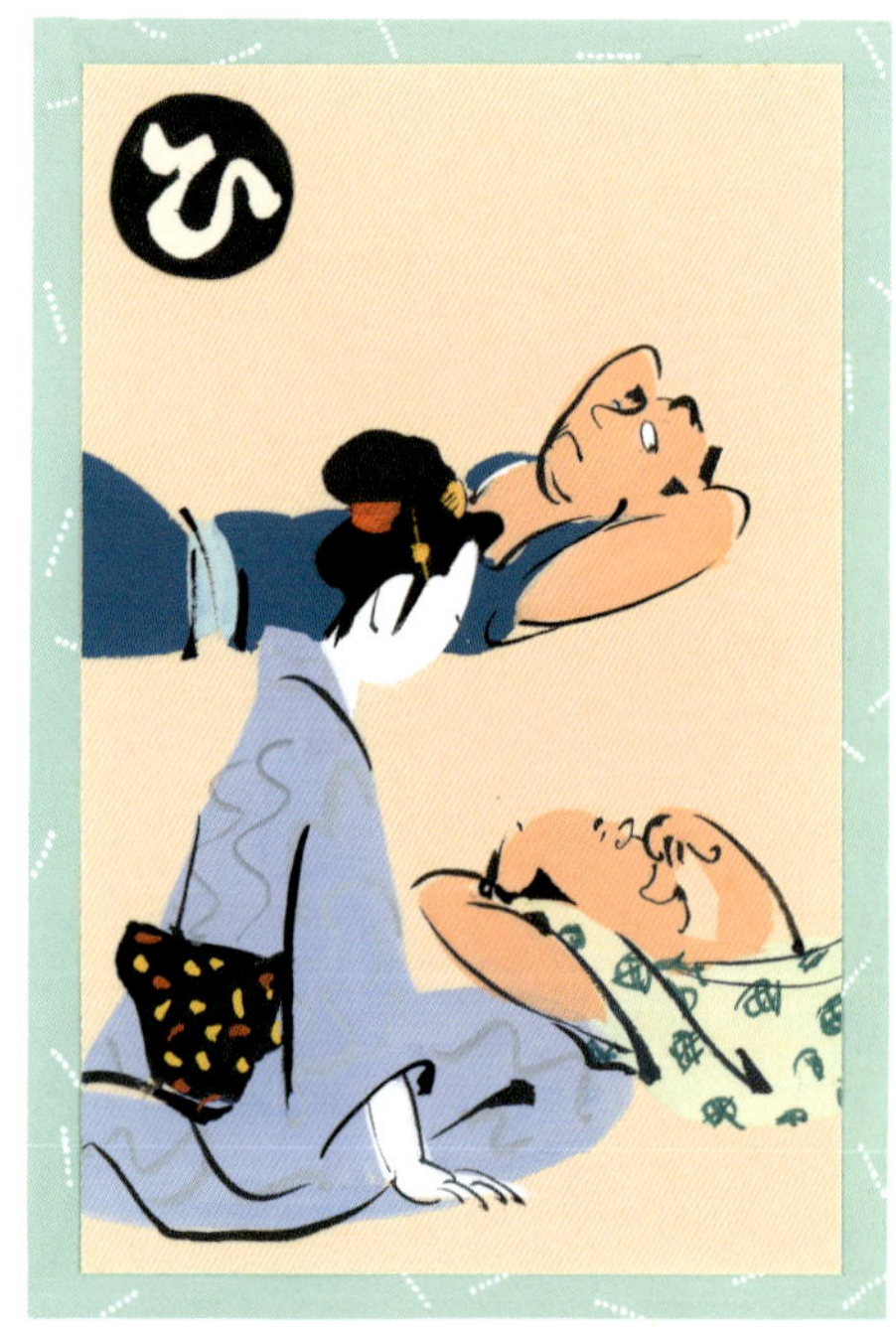

もしやもしやも
気抜けばかりの
混浴通い

石鹸の
匂いや淡き
恋ごころ

涼風に
風鈴歌う
露天風呂

運勢は
秘湯めぐりが
大吉の卦

あとがき

正直、ホント、戸惑っている。なぜ、こんな事態になったのか。筆者本人がうろたえている。

不思議なキッカケで「天山湯治郷」発行の瓦版・『みだれかご』の編集をまかされた。二五年以上も前のこと。湯上りに、ふっと手にする気楽な紙面づくりがなによりと心がけた。読み切り、読み捨てで結構。いっとき楽しんでもらえればいいとの思いは「かわらばん」「みだれかご」「話のくずかご」のタイトルにも、こめられていた。

そして、ほぼ十年。終刊となって、私の役目は終った。瓦版は静かに幕をひいた。二〇〇一年の春だった。

それから一五年。今は傘寿を過ぎて、何をするでもなく、ただ月日の流れゆくままに毎日を見送る「辰巳一平」に、読み捨て、書き流しごめんで、忘れ去られて当然と思っていたものを、冊子にするという話。

どう答えたら、いいのか。ただ、ただ、戸惑うばかりだ。

出口の全然見えぬなか、せめてもの思ったのは「銭湯大好き、温泉なにより人間」の「記憶遺産」の一つにでもなるのなら、ま、いいのかな、ということだった。

私にとって、銭湯は幼ない時から、日々の生活に欠かせぬ場所だった。その銭湯も、近年は「絶滅危惧」される情況に、深い悲しみを抱く、八二才の老いぼれのひとりごととして。

辰巳一平

辰巳一平さんのこと

「お蔵入りになったものを、今更引きずり出してきて、どうしようってんだ?」

困惑と驚きのあまり不機嫌に固まってしまった一平氏だった。こうなると、すかそうが、なだめようが一歩もひかないに決まっている。固まったままの氏をとりあえずうっちゃって、著者無視という暴挙に及んだ。売り言葉に買い言葉。こちらも勝手にさせてもらう、という承諾だけを得て、この本はまとめられた。

一九八九年から、天山湯治郷発行の風呂屋の瓦版「みだれかご」は、辰巳一平氏の編集で始まり、十年ほどの間、そのささやかな存在として、湯治客の少なからぬファンを魅了した。紙面づくりにあたっては、多方面の方々からの寄稿に頼りもしたけれど、執筆のほぼ大半を担ったのが一平氏。ほどよい脱力感、肩肘張らぬ滑らかな語り口。読み手を選ばぬ闊達な文体、その行間のあちらこちらには、怠りなく過不足のないユーモアがちりばめられていた。本書には収録できなかったけれど、時には気難しいご隠居、またちょっといい加減な中年飲んべえ野郎、下町の口うるさいおかみさんや旅行好きのOL。かと思えば今どきの女子高生まで千変万化に憑依した人物の口を借りて語られる、思いっきりくだけたコラムなどもあった。

そのように読み手を楽しませるためのサービス精神を、紙面に盛り込ませられたのは、長年出版界に在り、言葉と文章の研鑽に心血を注いできた手腕あってのことなのだが、何よりもその文章の根幹をかたちづくっているのは、何事に対しても謙虚な姿勢、柔軟性、絶えず弱者の側に身を据え、微動だにしない、筋金入りの頑固さなのである。

「湯上がり気分をそこなうようなこ難しさはいけない。気楽に読んで、あとはポイと捨ててもらえばいい」。一平氏はいつも、自分に言い聞かせるように言っていた。ポイと捨ててもらうという言葉と裏はらに、ポイとは捨てられぬ責任の重さを、自分は負っている、という響きが感じられた。

かって招来された、硬派の月刊誌の編集長にという誘いを断ってしまった、というエピソードを氏の知人から聞いたことがある。当時、日本出版労働組合連合会の中枢で活動しながら、会社組合の責任ある立場にあり、組合員、非組合員の隔てなく多大な信頼を寄せられていたと聞いた。その立場を放棄して、自分の利を優先するなど、論外だったのか。しかし、いくら無欲で偏屈者でも、何のためらいなく蹴ったとは思いがたい。心深く葛藤した日々があったのではないか。そしてまた、日を追うごとに言葉というものが、書物というものが、どんどん軽んじられていく時代の変化と、それに抗いつつも、歩調を合わせていく出版界の有り様にも、忸怩たる思いを重ねていたのではなかったか、とも思う。

そして、そのころ偶然、出版社近くの道で出会った時の一平氏の眉間の皺は、元に戻らないんじゃないかと心配になるくらい固くきつく刻まれていた。何があったのかはわからないけれど、ただならぬ心中であったと推測する。今でも時々、声をかけることが憚られた姿を思い出す。

ほどなく定年を待たずして出版社を去るのだが、出版不況がじりじりと進行する流れを背に、編集とはまったく関わりのない植木職人として、第二の人生をスタートさせた。その期を、まさに待ち構えていたように声をかけたのが「瓦版」だった。

漁師のようにお天道さまに左右される庭師。雨が降れば休日。その間が一平氏に用意された舞台。自ら銘打って「みだれかご」は誕生した。新米植木職人の仕事と比較的ゆるやかなスケジュールの季刊紙の陣頭指揮を、いきいきと楽しそうに振っていた。「みだれかご」はファンを増やしながら四七号まで発行され続けたのだ。

「こういうものを本にする意味がわからない」と疑り深く首を振りながらつぶやく一平氏にどのように答えたら納得してもらえるだろう。たとえば、本文中に当時の携帯電話の話題がコミカルに風刺されているが、時は今や「スマホ」の時代。携帯が「ガラケー」と呼ばれ電子書籍を端末のディスプレイで読む今現在、瓦版「みだれかご」は、確かにホコリをかぶった古新聞に成り果ててしまっている。

新しいモノが出現しては、あっという間に古びていく時代である。戦後、大量生産、大量廃棄の高度成長期を経て、庶民までが「消費は美徳」の言葉に踊るバブル期、それがはじけて長いトンネルに入って抜け出ることなく、未曾有の東日本大震災に日本は遭遇した。

生活が破壊され、塞がることのない傷跡に今も苦しみ、追われた故郷に帰れぬままの人々を置き去りにして、それでもむしろそれ以上に、日々加速度を増しながら新しくモノは出現し、出現したモノが驚く早さで古び色あせていく。色あせるモノで溢れさせ、消費させつづけることでしか成立しない社会がくりかえされる。


二〇年経った今読んでも、少しも色あせないと思う。変わらぬ価値、どんな時代にあっても通用するものが「みだれかご」にはある。「変わらない」ということの安堵感、信頼感だ。

情けないことに、今の社会と二〇年前の社会構造の根はなんら変わってはいない。ただ極度に悪化している。次々に新種の貧困が生まれている。貧乏以上の貧困だ。格差助長の政治に息苦しさ、理不尽なものを感じる人であれば素直に共鳴できる、その心情を語りかけている。


大仰な賛辞は一平氏の機嫌をそこねてしまう。ではこう答えよう。

「洗いざらして柔らかくなった上質のシーツのように、肌と心を優しく包み込んでくれるモノを、くずかごにポイ捨て、可燃ゴミに出すのはいかがなものか。貴重な資源の再利用。地球規模の環境保護理念に鑑み、くずかごから取り出し再生をはかった次第である。」

疲れた身体を穏やかによみがえらせる温泉のように、とまで言ってしまったら手前味噌の味が勝ち過ぎて気恥ずかしいけれど、手にとってくださる方の疲労回復にでもなればと、願ってやまない。

冊子にまとめるにあたり、ひとなる書房の名古屋研一さんのご協力がなければ出版にこぎつけられませんでした。瓦版全号の原稿の選考・検討と助言をいただいた、編集の安芸さん、松井さん、名古屋龍司さんの労に心から感謝いたします。

そして、ついには文章校正と「あとがき」を寄せてもらえた一平氏へ。こちらのわがままを通して、勝手に本にしてしまったことをどうかご勘弁ください。

最後に、瓦版発案からその発行まで、採算の採れぬ瓦版の屋台骨を支え続けて下さった、箱根天山湯治郷主人、鈴木義二氏へ、その破格級の懐の深さに限りなく感謝を捧げます。

伊仏文一・おのでらえいこ

【初出】

本書は一九八九年春、箱根湯本温泉施設・天山湯治郷発行の瓦版「みだれかご」（季刊タブロイド判四頁）創刊号から二〇〇一年・四十七号までの辰巳一平「話のくずかご」を柱に、他連載から抜粋、一部編集して集録。挿絵の歌留多、浮世絵はそのまま収録。戯れ絵は当時のものに加え新たに年代背景を二〇一六年として描き足しました。

※見出し上に連載名と掲載年月を表示しました。

辰巳一平（たつみいっぺい）

本名山田大二。

1934年岐阜県生まれ。早稲田大学政経学部卒。

神田駿河台の某出版社に勤務。定年前退職後、

造園業に転身。同年、瓦版の執筆開始。20年庭師を

務め、2010年引退。

装画・扉浮世絵・かるた絵

おのでらえいこ

レイアウト・戯れ絵・装幀

伊仏文一

みだれかご

2016年5月30日　初版発行

著者　辰巳一平

発行者　名古屋研一

発行所　ひとなる書房

東京都文京区本郷2-17-13

☎03-3811-1372

FAX03-3811-1383

印刷・製本　中央精版印刷株式会社